달달 읽고 **곰곰** 생각하는

달곰한
문해력

초등 독해

달곰한 문해력 초등 독해
교과 연계 필독 도서를 수록했어요

📖 1단계

도서	출판사	교과 연계
안데르센 동화집 2	시공주니어	과학 3-1 동물의 한살이
책이 사라진 날	한솔수북	국어 1-2 소중한 책을 소개해요
또박또박 반갑게 인사해요	상상스쿨	국어 1-1 다정하게 인사해요
내가 하는 말이 왜 나빠?	리틀씨앤톡	국어 1-1 고운 말을 해요
말놀이 동시집	비룡소	국어 1-2 재미있게 ㄱㄴㄷ
광개토 대왕	비룡소	국어 2-2 인물의 마음을 짐작해요
허난설헌	비룡소	사회 3-2 시대마다 다른 삶의 모습

📖 2단계

도서	출판사	교과 연계
춘향전	보리	국어 3-1 내 마음을 편지에 담아
멋지다! 얀별 가족	노루궁뎅이	사회 3-2 가족의 구성과 역할 변화
빨간 머리 앤	시공주니어	도덕 3 친구는 왜 소중할까요
아홉 살 마음 사전	창비	국어 2-1 마음을 나타내는 말
큰 기와집의 오래된 소원	키위북스	사회 3-2 시대마다 다른 삶의 모습
선덕 여왕	비룡소	국어 2-2 인물의 마음을 짐작해요
이순신	비룡소	국어 2-2 인물의 마음을 짐작해요
내일도 발레	별숲	체육 3 건강 활동

📖 3단계 Ⓐ, Ⓑ

도서	출판사	교과 연계
간서치 형제의 책 읽는 집	개암나무	국어 4-2 독서 감상문을 써요
엉뚱이 소피의 못 말리는 패션	비룡소	도덕 4 아름다운 사람이 되는 길
어린이를 위한 슬기로운 미디어 생활	우리학교	국어 5-2 여러 가지 매체
꼴찌 없는 운동회	내인생의책	도덕 4-2 힘과 마음을 모아서
우리 동네 별별 가족	아르볼	사회 4-2 사회 변화와 문화의 다양성
날씬해지고 말 거야!	팜파스	도덕 4-1 아름다운 사람이 되는 길
세상을 바꾼 착한 부자들	상상의집	국어 2-2 자세하게 소개해요
옛날 관청과 공공시설	주니어중앙	사회 3-2 옛사람들의 삶과 문화
단추 마녀의 수상한 식당	키다리	체육 4 건강 활동
생각하는 올림픽 교과서	천개의바람	체육 4 경쟁
내 용돈, 다 어디 갔어?	팜파스	사회 4-2 필요한 것의 생산과 교환
거인 부벨라와 지렁이 친구	주니어RHK	도덕 3 나와 너, 우리 함께
이중섭	시공주니어	미술 3 미술가와 작품 이야기
행복한 왕자	비룡소	국어 3-1 문학의 향기
모차르트	비룡소	음악 5 음악으로 만드는 어울림
따끔따끔 우리가 전기에 중독되었다고?	영수책방	과학 3-1 물질의 성질
김홍도	주니어RHK	미술 4 다양한 미술과의 만남
존댓말을 잡아라	파란정원	국어 3-1 알맞은 높임 표현
퓰리처 선생님네 방송반	주니어김영사	국어 3-1 어떤 내용일까
알면 보물 모르면 고물, 지도	아르볼	사회 4-1 지역의 위치와 특성
지역 이기주의 님비 현상	뭉치	사회 4-1 지역의 공공기관과 주민 참여
다른 게 틀린 건 아니잖아?	양철북	사회 4-2 사회 변화와 문화의 다양성
조선 선비 유길준의 세계 여행	비룡소	사회 4-2 사회 변화와 문화의 다양성
자석 총각, 끌리스	해와나무	과학 3-1 자석의 이용
그해 유월은	스푼북	사회 5-2 사회의 새로운 변화와 오늘날의 우리
경국대전을 펼쳐라	책과함께어린이	사회 5-2 옛사람들의 삶과 문화

📖 4단계 Ⓐ, Ⓑ

도서	출판사	교과 연계
애덤 스미스 아저씨네 경제 문구점	주니어김영사	사회 4-2 필요한 것의 생산과 교환
코피 아난 아저씨네 푸드 트럭	주니어김영사	사회 5-2 사회의 새로운 변화와 오늘날의 우리
과학관으로 온 엉뚱한 질문들	정은문고	과학 5-2 생물과 환경
어린이를 위한 슬기로운 미디어 생활	우리학교	도덕 5 밝고 건전한 사이버 생활
은하마을 수비대의 꿈꾸는 도시 연구소	주니어김영사	사회 4-2 촌락과 도시의 생활 모습
똥 묻은 세계사	다림	사회 5-2 함께 살아가는 지구촌
조선의 여걸 박씨부인	한겨레아이들	사회 5-2 옛사람들의 삶과 문화
뻥이오, 뻥	문학동네	도덕 5 갈등을 해결하는 지혜
사자와 마녀와 옷장	시공주니어	국어 4-2 이야기 속 세상
모모	비룡소	도덕 3 아껴 쓰는 우리
악플 바이러스	좋은꿈	도덕 5 밝고 건전한 사이버 생활
후설	한국고전번역원 승정원일기번역팀	사회 5-2 옛사람들의 삶과 문화

📖 4단계 Ⓐ, Ⓑ

도서	출판사	교과 연계
칠 대 독자 동넷개	창비	국어 5-2 함께 연극을 즐겨요
오즈의 마법사	비룡소	과학 6-2 우리 몸의 구조와 기능
이모와 함께 도란도란 음악 여행	토토북	음악 4 음악, 모락모락 사랑
로봇 박사 데니스 홍의 꿈 설계도	샘터	과학 5-2 생물과 환경
좋은 돈, 나쁜 돈, 이상한 돈	창비	사회 4-2 필요한 것의 생산과 교환
팔만대장경과 불타는 사자	리틀씨앤톡	사회 5-2 옛사람들의 삶과 문화
프린들 주세요	사계절	국어 4-1 사전은 내 친구
한국사편지 1	책과함께어린이	사회 5-2 옛사람들의 삶과 문화
안네의 일기	효리원	도덕 5 갈등을 해결하는 지혜

📖 5단계 Ⓐ, Ⓑ

도서	출판사	교과 연계
모로 박사의 섬		도덕 3 생명을 존중하는 우리
몬스터 차일드	사계절	도덕 5 인권을 존중하며 함께 사는 우리
담배 피우는 엄마	시공주니어	국어활동 4 수록 도서
맛의 과학	처음북스	과학 6-2 연소와 소화
우리 문화 박물지	디자인하우스	미술 5 아름다운 전통 미술
잘못 뽑은 반장	주니어김영사	사회 6-1 우리나라의 정치 발전
내가 사랑한 서양 고전	연암서가	국어 5-1 작품을 감상해요
허생전	-	사회 6-1 우리나라의 경제 발전
레 미제라블	비룡소	국어 5-1 작품을 감상해요
너의 운명은	푸른숲주니어	사회 5-2 사회의 새로운 변화와 오늘날의 우리
청소년을 위한 삼국유사	서해문집	사회 5-2 옛사람들의 삶과 문화
내가 사랑한 동양 고전	연암서가	국어 5-1 작품을 감상해요
내 이름을 들려줄게	단비어린이	사회 5-1 인권 존중과 정의로운 사회
과학관으로 온 엉뚱한 질문들	정은문고	도덕 5 긍정적인 생활
인형의 집	비룡소	국어 5-1 작품을 감상해요
우리 학교가 사라진대요!	마음이음	사회 5-2 사회의 새로운 변화와 오늘날의 우리
외로우니까 사람이다	창비	국어 5-1 작품을 감상해요
파브르 곤충기	현암사	과학 5-1 다양한 생물과 우리 생활
우리말 모으기 대작전 말모이	푸른숲주니어	국어 5-2 우리말 지킴이
왕자와 거지	시공주니어	국어 5-1 작품을 감상해요
톰 아저씨의 오두막집	효리원	도덕 5 인권을 존중하며 함께 사는 우리
101가지 세계사 질문사전 2	북멘토	사회 5-1 인권 존중과 정의로운 사회
사피엔스	김영사	과학 5-2 생물과 환경
변신	푸른숲주니어	국어 5-1 주인공이 되어
유토피아	-	사회 6-2 세계 여러 나라의 자연과 문화
베니스의 상인	-	도덕 5 갈등을 해결하는 지혜
그리스 로마 신화	-	국어 5-1 작품을 감상해요

📖 6단계 Ⓐ, Ⓑ

도서	출판사	교과 연계
돈키호테	비룡소	사회 5-2 옛사람들의 삶과 문화
사피엔스	김영사	도덕 5 내 안의 소중한 친구
아이, 로봇	우리교육	실과 6 발명과 로봇
가자에 띄운 편지	바람의아이들	사회 6-2 통일 한국의 미래와 지구촌의 평화
동물 농장	비룡소	사회 6-1 우리나라의 정치 발전
위대한 철학 고전 30권을 1권으로 읽는 책	빅피시	사회 6-1 우리나라의 정치 발전
101가지 세계사 질문사전 2	북멘토	사회 6-2 통일 한국의 미래와 지구촌의 평화
이기적 유전자	을유문화사	과학 5-1 다양한 생물과 우리 생활
내가 사랑한 동양 고전	연암서가	국어 6-1 비유하는 표현
5번 레인	문학동네	도덕 5 갈등을 해결하는 지혜
모럴 컴뱃	스타비즈	도덕 5 밝고 건전한 사이버 생활
너의 운명은	푸른숲주니어	사회 5-2 사회의 새로운 변화와 오늘날의 우리
담을 넘은 아이	비룡소	사회 5-2 옛사람들의 삶과 문화
셰익스피어 이야기	비룡소	국어 6-2 함께 연극을 즐겨요
왕자와 거지	시공주니어	사회 5-1 인권 존중과 정의로운 사회
참을 수 없는 존재의 MBTI	디페랑스	도덕 4 함께 꿈꾸는 무지개 세상
체르노빌의 아이들	프로메테우스	사회 6-2 통일 한국의 미래와 지구촌의 평화
체리새우: 비밀글입니다	문학동네	도덕 5 내 안의 소중한 친구
우리 문화 박물지	디자인하우스	사회 5-2 옛사람들의 삶과 문화
프랑켄슈타인	-	도덕 5-1 인권 존중과 정의로운 사회
진달래꽃	-	국어 6-1 비유하는 표현
내가 사랑한 서양 고전	연암서가	국어 6-1 인물의 삶을 찾아서

책을 많이 읽으면 문해력이 저절로 높아질까요?

독해 교재를 여러 권 풀어 보면 해결될까요?

'달곰한 문해력'이 방법을 알려 줄게요.

흥미로운 생각주제로 연결된 두 개의 글을 읽어 보세요.

재미난 문학 글을 먼저 읽고~ 비문학 글을 읽으며 정리해 보세요.

우리에게 필요한 생각과 지식이 차곡차곡 쌓입니다.

달달 읽고 곰곰 생각하는 힘!

이제 '달곰한 문해력'으로 길러 볼까요?

이 책의
구성 과 특장

❶ 생각주제

질문형으로 주제를 제시하여 읽을 글에 대한 호기심을 가질 수 있어요.

❷ 주제 연결 독해

하나의 주제로 연결된 2개의 글 읽기로 생각하는 힘이 자라요.

❸ 생각글 1

생각주제에 관한 문학, 고전, 사회 현상 등의 다양한 글을 읽어요.

❹ 생각글 2

생각주제와 관련된 꼭 알아야 할 개념을 읽고 생각을 넓혀요.

❺ 내용 요약

생각글의 중심 내용을 정리하고 핵심 어휘를 익혀요.

❻ 독해 문제 학습

내용 이해, 글의 구조 파악, 적용, 추론 등 독해 활동 문제를 풀어요.

❼ 주제 문해력 학습

2개의 생각글을 바탕으로 생각주제를 정리하고, 문제를 풀며 문해력을 키워요.

❽ 주제 어휘 학습

생각글에 나온 주제 어휘만 모아서 뜻을 익히고 활용해 보아요.

생각주제 01 왜 남을 돕는 것일까?

행복한 왕자

행복한 왕자
글 오스카 와일드
비룡소

행복한 왕자는 아주 멋진 **동상** 이라는 칭찬을 많이 받았다.
낮게 노래하듯이 덧붙였다.

"저 멀리 골목길에 가난한 집이 있어. 창문이 하나 열려 있는 자 앞에 앉은 여자(여자는 얼굴이 홀쭉하고, 거칠고
바늘에 찔린 상(**삯바느질** 하며 사는 **재봉사** 거든
선 어린 아들이 (꿍꿍 앓고 있어. 몸에 열이 많이 (먹고 싶어 해. 하지만 엄마는 아들한테 강에서 길어 온 물밖에
제비야, 제비야, 귀여운 제비야. 이 칼자루에서 **루비** 를 떼어 내 테 갖다주지 않으련? 나는 두 발이 받침대에 붙어 있어 꼼짝할 나."

제비가 대꾸했다.

생각주제 01 왜 남을 돕는 것일까?

남을 돕는 까닭

어휘사전
* **부축** 몸을 움직일 때 곁에서 붙들고 도와주는 것.
* **복지**(福 복 복, 祉 복 지) 사람들이 건강하고 편안하고 행복하게 살 수 있게 갖추어진 환경.
* **기부** 많은 사람에게 도움이 되는 일에 돈이나 재산 등을 내어 주는 것.
* **공감** 어떤 사실에 대하여 함께 똑같이 느끼고 생각하는 것.
* **감정**(感 느낄 감, 情 뜻 정) 어떤 일에 대하여 일어나는 느낌 또는 마음.
* **엔도르핀**(endorphin) 사람의 뇌에서 나오는 아픔을 없애 주는 물질.

우리는 종종 다른 사람을 돕는다. 준비물을 안 가져온 친구에게 자기 것을 빌려주거나, 길에서 만난 몸이 불편한 할머니를 **부축** 해 드리기도 한다. 또 어떤 할아버지가 평생 모은 돈을 **복지** 시설에 **기부** 했다는 뉴스도 볼 수 있다. 우리는 왜 남을 돕는 것일까?

사람이 다른 사람을 돕는 까닭은 첫째, 사람은 다른 사람에게 ㉠**공감** 하는 능력이 있기 때문이다. 공감이란 다른 사람의 **감정** 이나 생각에 대해 똑같이 느끼는 것이다. 우리는 다른 사람이 슬퍼하거나 고통받는 것을 보면, 마치 자기 일처럼 느낀다. 그래서 (사람을 돕고 싶은 마음이 생기는 것이다. 한 연구에 따르면, 공감을 (남을 훨씬 잘 돕는다고 한다.

둘째, 남을 도우면 (이 좋아지기 때문이다. 나눔에 대한 책을 쓴 더그 로션은 다른 사람을 도울 때 우리 몸에서 **엔도르핀** 이 나온다고 설명하였다. 엔도르핀은 사람의 기분을 좋게 만들고, 몸의 통증을 줄여 주는 물질이다. 또 하버드 의과 대학의 허버트 벤슨 교수는 남을 도울 때 사람의 몸은 편안히 휴식할 때와 같은 상태가 된다고 하였다. 즉 다른 사람을 도움으로써 우리의 몸과 마음이 건강하고 행복해진다는 것이다.

셋째, 다른 사람을 도우면 자신을 좋은 사람이라고 느낄 수 있기 때문이다. 스스로 칭찬받는 듯한 느낌 때문에 남을 돕는 착한 행동을 하게 되는 것이다. 이렇게 도움은 도움을 받는 사람뿐만 아니라, 도움을 주는 사람에게도 긍정적인 효과가 있다.

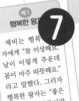

내용요약
글의 중심 내용을 생각하며 빈칸의 낱말을 써 보세요.

우리가 남을 돕는 까닭은 다른 사람에게 □□ 하는 능력
또 다른 사람을 ( )

자란다 문해력

생각주제 01

주제 정리 **1** 생각주제와 관련된 앞의 두 글을 읽고 누군가를 돕고 느낀 마음을 〈보기〉의 빈칸에 보세요.

돕다
다른 사람이 잘 되도록 거들거나 힘을 보태다.

예1 행복한 왕자	예2 남을 돕는 까닭	예3
제비는 행복한 왕자에게 "참 이상해요. 날이 이렇게 추운데 몸이 아주 따뜻해요." 라고 말했다. 그러자 행복한 왕자는 "좋은 일을 했기 때문이란다."라고 하였다.	다른 사람의 고통에 공감하고, 다른 사람을 도와줌으로써 행복해지고, 자신을 좋은 사람이라고 느끼기 때문이다.	

2 다른 사람을 도울 때 느낄 수 있는 마음으로 알맞은 것에 ○표 하세

(1) 기분이 좋아지고 마음이 편안해진다.

(2) 칭찬을 받는 듯한 수 있다.

(3) 내 시간을 빼앗겨 아깝다는 생각

(4) 다른 사람보다 우쭐한 마음이

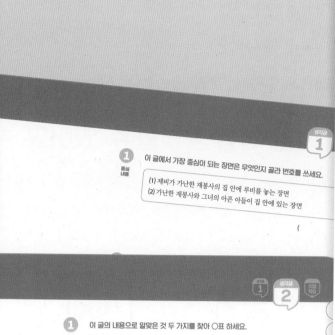

생각글
1

① 이 글에서 가장 중심이 되는 장면은 무엇인지 골라 번호를 쓰세요.
중심
내용

(1) 제비가 가난한 재봉사의 집 안에 루비를 놓는 장면
(2) 가난한 재봉사와 그녀의 아픈 아들이 집 안에 있는 장면

( )

생각글
2

① 이 글의 내용으로 알맞은 것 두 가지를 찾아 ○표 하세요.
내용
이해

(1) 다른 사람을 도우면 큰 이익을 얻을 수 있다. ( )
(2) 사람은 다른 사람의 고통에 공감하지 못한다. ( )
(3) 다른 사람을 돕는 이유에는 여러 가지가 있다. ( )
(4) 다른 사람을 도우면 도움을 주는 사람에게도 긍정적인 효과가 있다.

( )

⑥

② ㉠의 예로 알맞은 것은 무엇인가요? ( )
추론
하기

① 길을 헤매는 외국인이 한심해 보였다.
② 이번 시험에서 성적이 떨어져 속상했다.
③ 영화에서 슬픈 장면이 나와 눈물이 났다.
④ 친구와 분식집에서 떡볶이를 먹으니 좋았다.
⑤ 좋아하는 아이돌 가수를 만나서 가슴이 뛰었다.

③ 이 글을 바탕으로 보기의 뉴스 기사에 가장 알맞게 반응한 것에 ○표 하세요.
적용
하기

┤ 보기 ├

유명 가수 김만수 씨가 10년째 꾸준히 어린이 암 병동에 기부하고 있습니다. 김만수 씨는 12년 전 암에 걸렸다가 1년 만에 나은 적이 있습니다. 그는 자신도 아파 봤기 때문에 암에 걸린 고통을 안다며, 어린이 암…
…에서 벗어나길 바라며…

익힘
학습

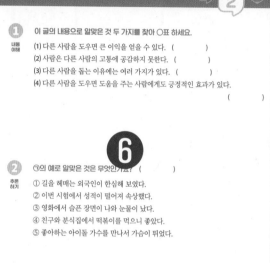

주제 어휘	동상	부축	기부	공감	감정

4 다음 주제 어휘의 뜻으로 알맞은 것을 찾아 선으로 이으세요.

(1) 동상 ·
(2) 부축 ·
(3) 기부 ·
(4) 공감 ·

⑧

· ㉠ 사람이나 동물 모양으로 만든 기념물.
· ㉡ 몸을 움직일 때 곁에서 붙들고 도와주는 것
· ㉢ 어떤 사실에 대하여 함께 똑같이 느끼고 …하는 것.
· ㉣ 많은 사람에게 도움이 되는 일에 돈이나 … 등을 내어 주는 것.

5 다음 빈칸에 공통으로 들어갈 낱말을 주제 어휘에서 찾아 쓰세요.

(1) · 아저씨는 학교에 장학금을 [ ] 하였다. →
  · 할머니는 평생 모은 재산을 사회에 [ ] 하였다.

(2) · 소영이는 [ ] 이 풍부해서 잘 웃고 잘 운다.
  · 나는 무표정한 얼굴 때문에 [ ] 이 메마른 사람이라는 오해를 받았다.

하나의 주제로 연결된
2개의 글 읽기로
진짜 문해력을 키워 보세요~!

Q '주제 연결 독해'란 무엇인가요?

초등학교 교과 과정의 주요 주제를 바탕으로 연결된 2개의 글을 읽고 문제를 푸는 독해 학습 방법이에요.

Q '주제 연결 독해'의 학습 효과는 무엇인가요?

주제 연결 독해를 반복하면 생각하는 힘이 길러지고, 이를 통해 진정한 문해력을 키울 수 있답니다.

Q 왜 문학과 비문학을 함께 수록했나요?

초등 과정에서는 문학, 현상, 개념 등의 다양한 글을 읽음으로써 지식을 쌓는 연습이 필요해요.

Q '생각주제'가 질문형인 이유는 무엇인가요?

질문형 주제를 보면 주제에 대한 흥미가 생기고, 주제에 대한 답을 찾는다는 목적을 가지고 글을 읽으면 집중도가 높아집니다.

Q 짧은 글 읽기로도 문해력이 길러지나요?

주제별 2개의 글을 읽고 익힘 학습으로 두 글을 정리하면 생각하고 표현하는 힘, 즉 '문해력'이 길러집니다.

이 책의 **활용법**

독해 **성취 수준**과 **학습 방법**에 따라
자신만의 **학습 계획**을 세워 공부할 수 있어요.

생각주제 6쪽

| 생각글 **1** | 생각글 **2** | 익힘학습 |

차근차근 60일 완성

| 하루 2쪽 | 하루 2쪽 | 하루 2쪽 |
| **생각글 1**을 꼼꼼히 읽고 문제를 풀어요. | **생각글 2**를 읽고 생각주제의 개념지식을 쌓아요. | 앞의 두 생각글을 다시 읽고 문해력, 어휘력을 키워요. |

탄탄하게 40일 완성

| 하루 4쪽 | 하루 2쪽 |
| **생각글 1**과 **생각글 2**를 읽고 생각주제에 대한 내 생각을 정리해 봐요. | 앞의 두 생각글을 다시 읽고 문해력, 어휘력을 키워요. |

빠르게 20일 완성

하루 6쪽

생각글 1과 **생각글 2**를 읽고
생각주제에 대한 내 생각을 정리해 봐요.
익힘학습을 할 때는 생각글의 내용을 떠올리며 문제를 풀어 보아요.

초등 국어 **교과서 기획위원**과
현직 초등교사가 만들었어요.

기획진

● **방은수 교수님** 서울교육대학교 국어교육과 교수 | 초등 국어 교과서 기획위원
● **김차명 선생님** 광명서초등학교 교사 | 참쌤스쿨 대표 | 경기실천교육교사모임 회장 | (전) 경기도교육청 장학사
● **김택수 교수님** 경희사이버대학교 한국어문화학부 교수 | 경인교육대학교 유아교육과 강사 | 전국교사교육마술연구회 스텝매직 대표
  | (전) 초등학교 교사
● **정미선 선생님** 서울시교육청 자문관 (독서토론 분야) | (전) 중학교 국어 교사
● **최고봉 선생님** 인제남초등학교 교사 | 독서교육 전문가 | Yes24 한 학기 한 권 읽기 선정위원

집필진

● **강서희 선생님** 서울신흥초등학교 교사 | 한국교원대학교 국어교육 학사, 석사, 박사 | 2015, 2022 개정교육과정 국어 교과서 집필
● **공은혜 선생님** 서울보라매초등학교 교사 | 서울교육대학교 국어교육 학사, 서울교육대학교 초등국어교육 석사 | 2009 개정교육과정 국어 교과서 집필
● **김경애 선생님** 서울목동초등학교 교사 | 서울교육대학교 국어교육 학사, 서울교육대학교 초등국어교육 석사 | 2015 개정교육과정 국어 교과서 집필
● **김나영 선생님** 대전반석초등학교 교사 | 목원대학교 음악교육 학사, 한국교원대학교 음악교육 석사, 서울교육대학교 초등음악교육 박사 과정
● **김성은 선생님** 서울역촌초등학교 교사 | 서울교육대학교 국어교육 학사, 서울교육대학교 초등국어교육 석사
● **김일두 선생님** 용인백암초수정분교장 교사 | 한국교원대학교 초등교육 학사, 한국교원대학교 초등사회과교육 석사
● **박다빈 선생님** 서울연은초등학교 교사 | 서울교육대학교 초등교육 학사, 서울교육대학교 인공지능교육 석사
● **신다솔 선생님** 숙명여자대학교 국어국문학 학사, 서울대학교 국어교육 석사, 박사 과정
● **양수영 선생님** 서울계남초등학교 교사 | 서울교육대학교 국어교육 학사, 서울교육대학교 초등국어교육 석사 | KERIS 초등국어교육 영상콘텐츠 제작
● **윤주경 선생님** 서울역촌초등학교 교사 | 경인교육대학교 영어교육 학사, 서울교육대학교 초등사회과교육 석사
● **윤혜원 선생님** 서울대명초등학교 교사 | 서울교육대학교 초등교육 학사 | 2019~2022년 전국 기초학력평가 국어과 문항 검토위원 팀장
● **이지윤 선생님** 대구새론초등학교 교사 | 한국교원대학교 초등교육 학사, 한국교원대학교 문학교육 석사 | 2022 개정교육과정 국어 교과서 집필
● **이지현 선생님** 서울석관초등학교 교사 | 서울교육대학교 초등교육 학사, 서울교육대학교 초등국어교육 석사
  | 2015, 2022 개정교육과정 국어 교과서 집필
● **이혜경 선생님** 군산초등학교 교사 | 서울교육대학교 과학교육 학사
● **이희송 선생님** 서울명원초등학교 교사 | 서울교육대학교 초등교육 학사, 서울교육대학교 초등교육행정 석사
● **정혜린 선생님** 서울구룡초등학교 교사 | 서울교육대학교 국어교육 학사, 서울교육대학교 초등국어교육 석사
  | 2015 개정교육과정 부록 '순화어 지도 자료' 집필, 2022 개정교육과정 국어 교과서 집필
● **진 솔 선생님** 청주금천초등학교 교사 | 한국교원대학교 국어교육 학사, 한국교원대학교 초등국어교육 석사, 박사
  | 2022 개정교육과정 국어 교과서 집필

이 책의 차례

1장

2개의 글을 연결해
재미있게 읽어요~

행복한 왕자

행복한 왕자
글 오스카 와일드
비룡소

행복한 왕자는 아주 멋진 **동상***이라는 칭찬을 많이 받았다. 행복한 왕자가 낮게 노래하듯이 덧붙였다.

"저 멀리 골목길에 가난한 집이 있어. 창문이 하나 열려 있는데, 그리로 탁자 앞에 앉은 여자가 보여. 여자는 얼굴이 홀쭉하고, 거칠고 붉은 손은 온통 바늘에 찔린 상처투성이야. **삯바느질***하며 사는 **재봉사***거든. 방 한구석에선 어린 아들이 침대에 누워 끙끙 앓고 있어. 몸에 열이 많이 나서 오렌지를 먹고 싶어 해. 하지만 엄마는 아들한테 강에서 길어 온 물밖엔 줄 게 없어. 제비야, 제비야, 귀여운 제비야. 이 칼자루에서 **루비***를 떼어 내 저 여자한테 갖다주지 않으련? 나는 두 발이 받침대에 붙어 있어 꼼짝을 할 수 없구나."

제비가 대꾸했다.

"여긴 날씨가 아주 추워요. 하지만 하룻밤만 왕자님과 지내며 심부름을 해 드릴게요."

행복한 왕자가 아주 기뻐했다.

"고맙다, 귀여운 제비야."

제비는 왕자가 쥔 칼자루에서 커다란 루비를 뽑아냈다. 부리로 루비를 물고 도시의 지붕 위를 날아갔다. 마침내 제비는 가난한 집에 이르러 집 안을 들여다보았다. 사내아이는 침대에서 열에 들떠 뒤척거리고 있었다. 피곤에 지친 아이 어머니는 깜박 잠들어 있었다. 제비는 집 안으로 휙 날아 들어갔다. 탁자에 놓인 바느질 **골무*** 옆에 커다란 루비를 내려놓았다. 살며시 침대로 가서 날개로 아이 이마에 부채질을 해 주었다.

아이가 중얼거렸다.

"아, 시원해! 몸이 나아지나 봐." 아이는 곧 단잠에 빠져들었다.

제비는 행복한 왕자에게로 돌아갔다. 무슨 일을 했는지 들려주고는 덧붙였다.

"참 이상해요. 날이 이렇게 추운데 몸이 아주 따뜻해요."

행복한 왕자가 말했다.

"좋은 일을 했기 때문이란다."

어휘사전

* **동상** 사람이나 동물 모양으로 만든 기념물.

* **삯바느질** 일한 데 대한 돈을 받고 하는 바느질.

* **재봉사** 옷을 짓는 일을 직업으로 하는 사람.

* **루비**(ruby) 붉은빛을 띤 단단한 보석.

* **골무** 바느질할 때 엄지나 검지 손가락에 끼는 도구.

1

중심
내용

이 글에서 가장 중심이 되는 장면은 무엇인지 골라 번호를 쓰세요.

> (1) 제비가 가난한 재봉사의 집 안에 루비를 놓는 장면
> (2) 가난한 재봉사와 그녀의 아픈 아들이 집 안에 있는 장면

(   )

2

내용
이해

행복한 왕자가 자신의 보석을 나눠 준 까닭은 무엇인가요? (   )

① 보석이 너무 무거워서
② 제비를 곁에 두고 싶어서
③ 재봉사가 달라고 부탁하여서
④ 가난한 재봉사를 돕고 싶어서
⑤ 사람들에게 칭찬을 받고 싶어서

3

추론
하기

제비가 행복한 왕자의 부탁을 들어주고 나서 느낀 마음은 무엇인가요?

(   )

① 뿌듯함.   ② 어색함.   ③ 민망함.
④ 두려움.   ⑤ 고마움.

4

적용
하기

다음 보기에서 행복한 왕자와 비슷한 마음을 가진 친구의 이름을 쓰세요.

┤ 보기 ├

민지: 불우 이웃 돕기에 내 돈을 내는 건 너무 아까워.
혜인: 할머니 짐이 꽤 무거워 보이는데 내가 들어 드려야겠다.
하니: 어머, 저 사람 다리를 다쳐서 잘 걷지 못하네. 내가 가서 부축하면 방해만
    될 거야.

(   )

남을 돕는 까닭

우리는 종종 다른 사람을 돕는다. 준비물을 안 가져온 친구에게 자기 것을 빌려주거나, 길에서 만난 몸이 불편한 할머니를 **부축***해 드리기도 한다. 또 어떤 할아버지가 평생 모은 돈을 **복지*** 시설에 **기부***했다는 뉴스도 볼 수 있다. 우리는 왜 남을 돕는 것일까?

사람이 다른 사람을 돕는 까닭은 첫째, 사람은 다른 사람에게 ㉠<u>**공감***하는 능력</u>이 있기 때문이다. 공감이란 다른 사람의 **감정***이나 생각에 대해 똑같이 느끼는 것이다. 우리는 다른 사람이 슬퍼하거나 고통받는 것을 보면, 마치 자기 일처럼 느낀다. 그래서 그 사람을 돕고 싶은 마음이 생기는 것이다. 한 연구에 따르면, 공감을 잘하는 사람이 남을 훨씬 잘 돕는다고 한다.

둘째, 남을 도우면 실제로 기분이 좋아지기 때문이다. 나눔에 대한 책을 쓴 더그 로션은 다른 사람을 도울 때 우리 몸에서 **엔도르핀***이 나온다고 설명하였다. 엔도르핀은 사람의 기분을 좋게 만들고, 몸의 통증을 줄여 주는 물질이다. 또 하버드 의과 대학의 허버트 벤슨 교수는 남을 도울 때 사람의 몸은 편안히 휴식할 때와 같은 상태가 된다고 하였다. 즉 다른 사람을 도움으로써 우리의 몸과 마음이 건강하고 행복해진다는 것이다.

셋째, 다른 사람을 도우면 자신을 좋은 사람이라고 느낄 수 있기 때문이다. <u>스스로 칭찬받는 듯한 느낌 때문에 남을 돕는 착한 행동을 하게 되는 것이다.</u>

이렇게 도움은 도움을 받는 사람뿐만 아니라, 도움을 주는 사람에게도 긍정적인 효과가 있다.

어휘사전
* **부축** 몸을 움직일 때 곁에서 붙들고 도와주는 것.
* **복지**(福 복 복, 祉 복 지) 사람들이 건강하고 편안하고 행복하게 살 수 있게 갖추어진 환경.
* **기부** 많은 사람에게 도움이 되는 일에 돈이나 재산 등을 내어 주는 것.
* **공감** 어떤 사실에 대하여 함께 똑같이 느끼고 생각하는 것.
* **감정**(感 느낄 감, 情 뜻 정) 어떤 일에 대하여 일어나는 느낌 또는 마음.
* **엔도르핀**(endorphin) 사람의 뇌에서 나오는 아픔을 없애 주는 물질.

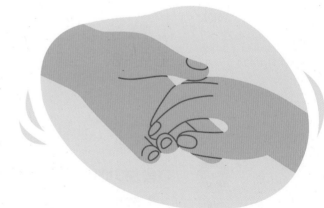

내용요약
글의 중심 내용을 생각하며 빈칸의 낱말을 써 보세요.

우리가 남을 돕는 까닭은 다른 사람에게 [ㄱ][ㄱ] 하는 능력이 있기 때문이다. 또 다른 사람을 도울 때 행복감을 느끼고 자신을 좋은 사람이라고 느껴서이다.

1

내용
이해

이 글의 내용으로 알맞은 것 두 가지를 찾아 ○표 하세요.

(1) 다른 사람을 도우면 큰 이익을 얻을 수 있다. (　　　　)

(2) 사람은 다른 사람의 고통에 공감하지 못한다. (　　　　)

(3) 다른 사람을 돕는 이유에는 여러 가지가 있다. (　　　　)

(4) 다른 사람을 도우면 도움을 주는 사람에게도 긍정적인 효과가 있다.

(　　　　)

2

추론
하기

⊙의 예로 알맞은 것은 무엇인가요? (　　　　)

① 길을 헤매는 외국인이 한심해 보였다.

② 이번 시험에서 성적이 떨어져 속상했다.

③ 영화에서 슬픈 장면이 나와 눈물이 났다.

④ 친구와 분식집에서 떡볶이를 먹으니 좋았다.

⑤ 좋아하는 아이돌 가수를 만나서 가슴이 뛰었다.

3

적용
하기

이 글을 바탕으로 **보기**의 뉴스 기사에 가장 알맞게 반응한 것에 ○표 하세요.

┤ 보기 ├

　유명 가수 김만수 씨가 10년째 꾸준히 어린이 암 병동에 기부하고 있습니다. 김만수 씨는 12년 전 암에 걸렸다가 1년 만에 나은 적이 있습니다. 그는 자신도 아파 봤기 때문에 암에 걸린 고통을 안다며, 어린이 암 환자들이 하루빨리 고통에서 벗어나길 바란다고 밝혔습니다. 김만수 씨는 기부를 할 때 자신이 더 행복하다며, 앞으로도 기부를 계속할 생각이라고 말했습니다.

(1) 김만수 씨는 남을 돕는 것에서 행복감을 느끼고 있어. (　　　　)

(2) 김만수 씨는 기부를 통해 자기 이름을 알리려는 거야. (　　　　)

(3) 김만수 씨가 12년 전 암에 걸렸을 때의 기사를 찾아봐야겠어. (　　　　)

주제 정리

1 생각주제와 관련된 앞의 두 글을 읽고 누군가를 돕고 느낀 마음을 예3 의 빈칸에 써 보세요.

> **돕다**
>
> 다른 사람이 잘 되도록 거들거나 힘을 보태다.

예1 **행복한 왕자**	예2 **남을 돕는 까닭**	예3
제비는 행복한 왕자에게 "참 이상해요. 날이 이렇게 추운데 몸이 아주 따뜻해요." 라고 말했다. 그러자 행복한 왕자는 "좋은 일을 했기 때문이란다."라고 하였다.	다른 사람의 고통에 공감하고, 다른 사람을 도와줌으로써 행복해지고, 자신을 좋은 사람이라고 느끼기 때문이다.	

2 다른 사람을 도울 때 느낄 수 있는 마음으로 알맞은 것에 ○표 하세요.

(1) 기분이 좋아지고 마음이 편안해진다.

(2) 칭찬을 받는 듯한 기분을 느낄 수 있다.

(3) 내 시간을 빼앗겨 아깝다는 생각이 든다.

(4) 다른 사람보다 내가 훌륭하다는 우쭐한 마음이 든다.

3 다른 사람을 돕는 까닭에 대한 자신의 생각을 써 보세요.

다른 사람을 돕는 까닭은 ✎

_____

_____

| 주제 어휘 | 동상 | 부축 | 기부 | 공감 | 감정 |

4 다음 주제 어휘의 뜻으로 알맞은 것을 찾아 선으로 이으세요.

(1) 동상 ・

(2) 부축 ・

(3) 기부 ・

(4) 공감 ・

・㉠ 사람이나 동물 모양으로 만든 기념물.

・㉡ 몸을 움직일 때 곁에서 붙들고 도와주는 것.

・㉢ 어떤 사실에 대하여 함께 똑같이 느끼고 생각하는 것.

・㉣ 많은 사람에게 도움이 되는 일에 돈이나 재산 등을 내어 주는 것.

5 다음 빈칸에 공통으로 들어갈 낱말을 주제 어휘에서 찾아 쓰세요.

(1)
• 아저씨는 학교에 장학금을 [   ]하였다.
• 할머니는 평생 모은 재산을 사회에 [   ]하였다.

→ [|]

(2)
• 소영이는 [   ]이 풍부해서 잘 웃고 잘 운다.
• 나는 무표정한 얼굴 때문에 [   ]이 메마른 사람이라는 오해를 받았다.

→ [|]

6 다음 문장의 밑줄 친 말과 비슷한 뜻을 가진 낱말에 ○표 하세요.

(1) 하은이 의견에 많은 친구가 그렇다고 느꼈다. → 공감했다   공부했다

(2) 공주에는 곰 모양으로 만든 조각상이 세워져 있다. → 의상   동상

우리 동네 별별 가족

우리 동네
별별 가족
글 최은영
아르볼

고모가 성큼 마당으로 들어섰다. 외국인 아저씨와 꼬맹이가 고모의 뒤를 따랐다. ㉠외국인 아저씨는 일인용 밥상만큼이나 커다란 꽃바구니를 들고 있었다. 꼬맹이는 손에 변신하는 자동차를 쥐고 있었다. 꼬맹이 물건인 것 같았다.

"뭐냐?"

할아버지가 고모의 **진입***을 가로막기라도 하려는 것처럼 **댓돌***로 내려섰다.

"뭐냐니요? 아빠, 제가 결혼할 사람 데리고 온다고 했잖아요."

고모가 어색하게 미소를 지으며 할아버지 앞에 섰다. 우당탕! 부엌 쪽 미닫이문에서 소리가 울렸다. ㉡할머니가 자리에 그대로 주저앉았다. 엄마가 할머니의 어깨를 잡았다.

"결혼할 사람이라고?"

할아버지가 눈을 희번덕거리며 키 큰 외국인 아저씨를 노려보았다.

"네, 저 하나 보고 스페인에서 여기까지 날아온 마리오예요."

고모는 또 알 수 없는 언어를 써 가며 외국인 아저씨에게 할아버지를 소개했다.

"안뇽-하십니까? 마리옵니다!"

외국인 아저씨가 활짝 웃으며 할아버지에게 오른손을 내밀었다.

"나는 **댁***이랑 인사할 일 없소. 그만 돌아가시오."

㉢할아버지가 버럭 화를 내더니 몸을 팽 돌렸다. ㉣고모가 할아버지의 손을 잡았다.

"결혼하라고 할 때는 언제고 문 앞에서 **푸대접***이에요?"

"내가 너더러 애 딸린 외국인이랑 결혼하라고 했냐?"

할아버지가 **성난*** 눈으로 고모를 보았다.

"이 사람이 어떤 사람인지 알아보지도 않고, 애 딸린 외국인이라 무조건 안 된다는 거예요?"

어휘사전

* **진입**(進 나아갈 진, 入 들 입) 목적한 장소에 들어서는 것.

* **댓돌** 집에 오르내릴 수 있게 놓은 돌층계.

* **댁** 어른끼리의 대화에서 잘 모르는 상대를 '너' 대신 높여 부르는 말.

* **푸대접** 아무렇게나 하는 대접.

* **성나다** 화가 나다.

1
중심
내용

이 글에서 다루고 있는 가장 중요한 것을 찾아 번호를 쓰세요.

(1) 외국인의 인사 문화   (2) 외국인과의 결혼   (3) 손님맞이 예절

(   )

2
글의
구조

이 글에서 일이 일어난 순서대로 번호를 쓰세요.

(1) 고모와 할아버지가 말다툼을 벌였다.
(2) 외국인 아저씨가 한국말로 인사를 하였다.
(3) 고모가 외국인 아저씨와 함께 집에 찾아왔다.
(4) 고모가 외국인 아저씨를 할아버지에게 소개하였다.

(   ) ➔ (   ) ➔ (   ) ➔ (   )

3
추론
하기

㉠~㉣에 나타난 인물의 마음을 짐작한 것으로 알맞지 <u>않은</u> 것에 ○표 하세요.

(1) ㉠ - 고모의 가족들에게 잘 보이고 싶은 마음   (   )
(2) ㉡ - 외국인 아저씨를 보고 기쁘고 반가운 마음   (   )
(3) ㉢ - 고모가 데리고 온 사람과의 결혼을 반대하는 마음   (   )
(4) ㉣ - 할아버지의 화를 풀어 보고 싶은 마음   (   )

4
감상
하기

이 글을 읽고 든 생각이나 느낌을 바르게 말한 친구의 이름을 쓰세요.

할아버지께서 고모와 외국인 아저씨의 결혼을 무조건 반대하며 화를 내시는 건 바람직하지 않은 것 같아.

세은

할아버지께서 외국인과 결혼하게 된 고모를 떠나보내며 슬퍼하는 마음이 잘 느껴졌어.

서준

(   )

다문화 사회로의 변화

다문화*란 '많을 다(多)' 자를 써서 말 그대로 '문화가 다양하다.'란 뜻이다. 지금 한국은 문화와 생김새가 다른 여러 나라의 사람들이 모여서 살아가는 사회가 되었다. 오늘날에는 나라와 나라를 오고 가는 게 자유로워졌다. 그래서 우리나라로 공부하거나 일하기 위해 **이주***한 외국 사람들이 많아졌다. 또 다른 나라 사람과 한국인의 결혼도 늘어났다. 이렇게 결혼한 사람들이 아이를 낳고 이루는 가정을 다문화 가정이라고 부른다.

한 조사에 따르면 한국 사람 10명 중 8명은 한국이 다문화 사회라고 생각한다고 답했다. 하지만 아직도 외국인을 **배척***하는 일이 자주 벌어지고 있다. 왜 이런 일이 일어날까? 그것은 우리나라가 오랜 시간 동안 우리 **민족***끼리만 살아왔기 때문이다. 다른 나라 사람들과 뒤섞여 살 기회가 없어서 그들을 이해하지 못하는 일이 많아진 것이다. 그래서 한국 사람끼리는 서로 끈끈하지만, 다른 나라 사람은 **경계***하거나 따돌리는 경우가 많다.

오늘날에는 한국인들이 외국에서 사는 일도 많아졌다. 또 외국 사람들이 자신의 나라를 떠나 다른 나라에서 사는 일도 많다. 다문화 사회는 우리나라에서만 일어나는 변화가 아니라 전 세계의 흐름이 되었다. 그러면 다문화 사회를 살기 위해서 어떤 태도를 지녀야 할까?

먼저, 다문화는 옳고 그른 것이 아니므로 있는 그대로 인정하자. 나와 다른 것이지 틀린 것이 아니다. 둘째, 우리 모두 똑같은 사람임을 잊지 말자. 생김새가 다르고 다른 말을 써도 우리는 같은 사람이다. 셋째, 다른 문화에 대한 존중의 자세가 필요하다. 여행을 가서 새로운 문화를 배우는 것처럼, 다른 문화에서 새로운 것을 배우고 성장할 수 있다. 이러한 태도를 갖추고 모두가 함께 더불어 살 때 우리 문화는 더욱 풍부해질 것이다.

어휘사전

* **다문화**(多 많을 다, 文 글월 문, 化 될 화) 여러 인종이나 민족이 어우러져 다양한 언어와 풍습, 생활 양식이 나타나는 문화.
* **이주** 다른 곳으로 옮겨 가서 사는 것.
* **배척** 싫어하여 끼워 주지 않거나 밀어내는 것.
* **민족** 단일한 인종으로 나라를 이룬 집단.
* **경계** 잘못된 일이 생기지 않도록 주의하고 조심하는 것.

내용요약

글의 중심 내용을 생각하며 빈칸의 낱말을 써 보세요.

한국은 오랜 시간 동안 우리 민족끼리만 살아왔지만, 오늘날에는 여러 나라 사람들이 어울려 사는 [ㄷ][ㅁ][ㅎ] 사회가 되었다. 그러므로 다문화 사회를 살기 위한 올바른 태도를 갖추어야 한다.

1 이 글의 내용과 일치하는 것은 무엇인가요?   (   )

내용 이해

① 한국은 예전부터 다문화 사회였다.

② 한국으로 이주하는 외국인이 적어졌다.

③ 한국인이 외국으로 이주하는 일은 드물다.

④ 한국에서 다문화 가정은 점차 줄어들고 있다.

⑤ 한국으로 이주해 사는 외국인들을 배척하는 일이 많다.

2 이 글에서 **보기**의 빈칸에 들어갈 세 글자의 낱말을 찾아 쓰세요.

적용 하기

┤ 보기 ├

호우네 가족은 [   ] 가정이다. 호우의 아버지는 대한민국 사람이고 어머니는 중국 사람이다. 호우네 가족은 추석이 되면 아버지는 송편을 빚고, 어머니는 월병을 만든다. 월병은 중국 사람들이 추석에 먹는 과자이다. 때로 어머니는 송편 모양으로 월병을 만들기도 하는데 그 모양이 재미있고 맛도 좋다.

(   )

3 이 글을 읽고 다른 나라에서 온 친구에게 바른 태도로 말한 친구를 찾아 ○표 하세요.

적용 하기

(1) 가까이 오지 마. 나와 피부색이 다른 건 싫어.

(2) 으하하! 너 말투가 왜 그래? 너 꼭 원숭이 같다.

(3) 나와 쓰는 언어가 다르니까 우리 서로의 언어를 알려 주자.

(   )   (   )   (   )

 1 생각주제와 관련된 앞의 두 글을 읽고 내용을 정리해 보세요.

다문화 사회

□ ㅎ 와 생김새가 다른 여러 나라 사람들이 한곳에 모여서 살아가는 사회

우리 동네 별별 가족

고모가 외국인 아저씨와 꼬맹이를 집에 데리고 와 가족들에게 결혼할 사람이라고 소개하자 가족들은 차가운 반응을 보임.

다문화에 대한 태도

- 있는 그대로 인정하기
- 우리 모두 똑같은 사람임을 잊지 말기
- 다른 문화에 대한 존중의 자세를 가지기

2 다문화 사회를 살아가는 태도로 알맞은 것 두 가지를 골라 ○표 하세요.

(1) 나와 다른 것을 인정한다.

(2) 우리 전통문화만을 고집한다.

(3) 마음을 열고 서로의 문화를 존중한다.

(4) 마음에 드는 외국인 친구만을 골라서 사귄다.

3 다양한 나라의 사람과 함께 살아가야 하는 까닭에 대해 써 보세요.

다양한 나라의 사람과 함께 살아가야 하는 까닭은 ✎

_____

_____

주제 어휘	성나다	다문화	이주	배척	경계

4 다음 뜻에 알맞은 **주제 어휘**에 ○표 하세요.

(1) 화가 나다. [겁나다] [성나다]

(2) 다른 곳으로 옮겨 가서 사는 것. [이주] [이직]

(3) 싫어하여 끼워 주지 않거나 밀어내는 것. [배달] [배척]

(4) 잘못된 일이 생기지 않도록 주의하고 조심하는 것. [경직] [경계]

5 다음 빈칸에 들어갈 알맞은 낱말을 **주제 어휘**에서 찾아 쓰세요.

(1) 고향 땅을 버리고 낯선 나라로 (   )하였다.

(2) 외국에서 왔다는 이유로 한국인에게 (   )을 당했다.

(3) 낯선 사람이 해코지를 할 수도 있으니 (   )해야 한다.

(4) 우리 집은 미국인 아빠와 한국인 엄마로 이루어진 (   ) 가정이다.

6 다음 밑줄 친 말과 뜻이 비슷한 낱말을 **주제 어휘**에서 찾아 쓰세요.

오늘은 고모가 결혼하는 날이다. 고모의 결혼을 축하라도 하는 듯 날씨가 매우 맑았다. 나는 고모에게 축하 인사를 하고 결혼식장 맨 앞자리에 앉았다. 드디어 결혼식이 시작되었다. 정장을 차려입은 고모부와 웨딩드레스를 입은 고모가 정말 잘 어울렸다. 둘의 결혼을 반대하며 <u>화내던</u> 할아버지는 언제 그랬냐는 듯 환한 미소를 짓고 계셨다.

(   )

수상한 냄새가 나!

수리수리 수학 학원에 모인 아이들이 열심히 수업을 듣고 있었다. 수업이 거의 끝나갈 무렵, ㉠조용한 교실에 천둥 같은 요란한 소리가 울려 퍼졌다.

"뿌아아앙!"

지후는 큰 눈을 동그랗게 뜨고 유림이에게 말했다.

"야, 고유림! 방귀 뀐 거 너지?"

"뭐? 나 아닌데?"

유림이는 당황했지만 애써 **태연**＊한 척했다.

"선생님! 누가 고구마 먹고 방귀 뀌어요. 웩, 냄새 때문에 다 죽어요!"

장난꾸러기 지후는 소란스럽게 떠들었다. 다들 두리번대며 방귀를 뀐 범인을 **색출**＊하려고 했다. 그러나 끝내 범인을 찾지 못했고, 수업은 어수선하게 끝났다. 유림이가 가방을 메고 재빨리 교실을 나가려던 순간, 이번에는 더 엄청난 소리가 났다.

㉡"뿌아아아아아아앙!"

유림이가 다급하게 헛기침을 해 보았지만, 냄새까지는 도저히 막을 수 없었다. 지후는 어느새 유림이 옆에 와서 코를 킁킁대고 있었다.

"역시 범인은 너지? 너 어제 고구마랑 닭고기 먹었지?"

"나 아냐! 나 그거 안 먹었어."

"방귀는 솔직해. 고구마를 먹으면 고구마 **가스**＊를, 닭고기를 먹으면 닭고기 가스를 만든다고!"

유림이가 다급하게 **외투**＊의 지퍼를 내렸다. ㉢외투 사이로 새하얀 강아지 한 마리가 고개를 쏙 내밀었다.

"앗, 강아지잖아!"

앗, 강아지 잖아!

"얘는 내 동생 달곰이야. 고구마랑 닭고기는 달곰이가 먹은 거야. 아무도 몰래 같이 있다 가려고 했었는데…… ㉣달곰이가 방귀를 뀐 거라고!"

그때 미나가 고개를 갸웃거리며 말했다.

"그런데 지후는 어떻게 달곰이가 먹은 음식들을 맞힌 거야? 먹는 음식과 방귀가 무슨 **연관**＊이라도 있나?"

어휘사전

＊**태연** 아주 놀라운 일이 생겼는데도 전혀 아무렇지도 않은 척하는 것.

＊**색출**(索 찾을 색, 出 날 출) 숨어 있는 사람이나 숨긴 물건을 뒤져서 찾아내는 것.

＊**가스**(gas) 배 속에서 음식물이 소화되며 생기는 기체.

＊**외투**(外 바깥 외, 套 덮개 투) 추위를 막기 위하여 겉옷 위에 입는 옷.

＊**연관** 여럿이 서로 관계를 가지고 있는 것.

1 이 글에서 일어난 중요한 일이 무엇인지 빈칸에 들어갈 알맞은 말을 쓰세요.

중심
내용

> 유림이는 외투 안에 강아지 달곰이를 숨기고 몰래 학원 수업을 듣다가, 달곰이
> 가 [　][　]를 뀌는 바람에 친구들에게 들키고 만다.

2 ㉠~㉣ 중, 다음 설명의 감각적 표현에 해당하지 <u>않는</u> 것의 기호를 쓰세요.

어휘
이해

> 감각적 표현이란 사물을 눈으로 보고, 귀로 듣고, 입으로 맛보고, 코로 냄새 맡
> 고, 손으로 만지듯이 생생하게 표현하는 것을 말한다.

(　　　　　　　　　)

3 유림이가 외투를 열고 강아지를 보여 준 까닭은 무엇인가요? (　　　　)

추론
하기

① 강아지를 안고 있느라 몹시 더워서

② 강아지의 방귀 냄새가 옷에 뺄까 봐

③ 아이들에게 강아지를 자랑하고 싶어서

④ 강아지를 숨기고 있다는 사실을 들킨 것 같아서

⑤ 방귀를 뀐 범인은 자기가 아니라는 사실을 밝히기 위해서

4 이 글에 나온 유림이에 대한 자신의 생각을 알맞게 말한 친구의 이름을 쓰세요.

감상
하기

> 채원: 유림이는 강아지에게 고구마와 닭고기를 먹인 걸 들키고 싶지 않았던 것
> 　　 같아.
> 은채: 유림이는 강아지를 몰래 데려왔다가 강아지가 방귀를 뀌어서 들키게 되어
> 　　 얼마나 당황했을까?
> 윤진: 강아지 이름을 달곰이라고 한 걸 보면, 유림이는 강아지뿐만 아니라 곰도
> 　　 좋아할 거야.

(　　　　　　　　　)

방귀의
숨은 비밀

방귀는 음식을 먹고 **소화**[*]되는 과정에서 나오는 가스이다. 또 음식을 먹을 때 입속에 함께 들어간 공기가 몸 밖으로 나오는 것이다. 방귀는 우리 눈에는 보이지 않는다. 하지만 소리와 냄새로 알아차릴 수 있다. 그런데 방귀는 왜 냄새를 풍기는 것일까? 방귀 냄새의 정체를 알려면, 방귀가 어떻게 이루어졌는지 알아야 한다.

방귀는 **물질**[*]이다. 물질이란 '세상에 있는 모든 것'을 말한다. 사람, 강물, 동물, 돌, 나무, 연필심 등 지구에 있는 모든 것은 물질이다. 방귀도 눈에 보이지는 않지만, 물질에 속한다. 물질은 그 형태에 따라 고체, 액체, **기체**[*]가 있다. 방귀는 일정한 모양이 없고, **공간**[*]을 채우며, 자유롭게 돌아다닐 수 있는 기체에 속한다.

그런데 물질 속에는 '우리 눈에 보이지 않지만 아주 작은 성분'이 들어 있다. 이것을 '**원소**[*]'라고 부른다. 원소의 종류에는 철, 금, 산소, 질소 등 여러 가지가 있다. 이런 원소들이 모여서 하나의 물질이 된다. 예를 들어 물은 산소와 수소라는 원소로 이루어져 있다. 과학자들은 연구를 통해 눈에 보이지 않는 산소와 수소를 알아냈다.

방귀 속에도 여러 가지 원소가 들어 있다. 그리고 메탄, 암모니아, 황화 수소 같은 화합물도 들어 있다. 화합물이란 원소가 두 가지 이상 모인 것이다. 방귀의 지독한 냄새는 1퍼센트를 차지하는 암모니아와 황화 수소 때문이다.

방귀의 냄새와 양은 먹은 음식에 따라 달라진다. 고기를 먹은 사람은 채소를 먹은 사람보다 방귀 냄새가 더 독하다. 고기, 우유, 치즈처럼 단백질로 이루어진 음식이 소화될 때, 가스가 더 많이 생기기 때문이다. 그래서 초식 동물보다 고기를 먹는 동물의 방귀 냄새가 더 독하다.

어휘사전

* **소화** 사람이나 동물이 먹은 것을 배 속에서 처리하여 영양분으로 빨아들이는 것.

* **물질** 세상의 온갖 것을 이루며, 보고 만질 수 있거나 과학적으로 다룰 수 있는 것.

* **기체** 김이나 공기처럼 일정한 모양이나 부피가 없고, 자유롭게 움직이는 물질.

* **공간**(空 빌 공, 間 사이 간) 아무 것도 없는 빈 곳.

* **원소**(元 으뜸 원, 素 흴 소) 물질을 구성하는 기본적인 성분. 더 이상 나눠질 수 없음.

내용요약

글의 중심 내용을 생각하며 빈칸의 낱말을 써 보세요.

방귀는 음식을 먹고 소화되는 과정에서 나오는 기체 물질이다. 그 물질 속에 다양한 ⬚⬚ 와 화합물이 숨어 있는데, 그중에 냄새를 풍기는 화합물도 있다.

1 이 글에서 설명하는 대상은 무엇인가요? (   )

중심
내용

① 방귀와 지구   ② 방귀와 고체

③ 방귀와 원소   ④ 방귀와 액체

⑤ 방귀와 소리

2 이 글의 내용과 일치하지 <u>않는</u> 것은 무엇인가요? (   )

내용
이해

① 방귀는 기체이다.   ② 방귀는 냄새가 없다.

③ 방귀는 물질이다.   ④ 방귀 안에는 원소가 있다.

⑤ 방귀 냄새는 먹은 음식에 따라 달라진다.

3 이 글을 읽고 **보기**의 빈칸에 들어갈 두 글자의 낱말을 찾아 쓰세요.

적용
하기

┤ 보기 ├

지원: 엄마, 우리는 어떻게 숨을 쉴 수 있어요?

엄마: 그건 눈에 보이지 않는 공기 덕분이지.

지원: 그럼 공기는 기체겠네요.

엄마: 그렇지. 공기 속에는 질소, 산소, 이산화 탄소 등이 숨어 있어.

지원: 아, 그거 배웠어요. 공기를 이루는 여러 가지 _____예요.

(   )

4 다음 **보기**에서 원소인 것 두 가지를 찾아 기호를 쓰세요.

추론
하기

┤ 보기 ├

　방귀에 ㉠불이 붙을 수 있을까요? 정답은 '그렇다'예요. 방귀 속에는 냄새를 풍기는 화합물뿐만 아니라, 불이 붙는 원소도 들어 있어요. 불은 공기가 있을 때 더욱 활활 타는데, 방귀 속에도 공기에 들어 있는 ㉡질소가 들어 있지요. 방귀 속에는 ㉢수소도 있어요. 수소는 ㉣폭탄에도 사용되는 무시무시한 원소예요. 방귀 속에는 질소와 수소가 들어 있기 때문에 불이 붙을 수 있어요.

(   )

 1 생각주제와 관련된 앞의 두 글을 읽고 내용을 정리해 보세요.

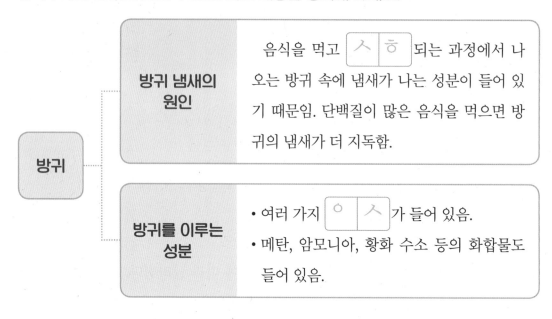

방귀

방귀 냄새의 원인

음식을 먹고 ㅅㅎ 되는 과정에서 나오는 방귀 속에 냄새가 나는 성분이 들어 있기 때문임. 단백질이 많은 음식을 먹으면 방귀의 냄새가 더 지독함.

방귀를 이루는 성분

• 여러 가지 ㅇㅅ 가 들어 있음.
• 메탄, 암모니아, 황화 수소 등의 화합물도 들어 있음.

2 방귀에서 냄새가 나는 까닭으로 알맞은 것을 골라 ○표 하세요.

(1) 방귀 속에 질소, 산소 등이 들어 있기 때문이다.

(2) 방귀 속에 냄새가 나는 화합물이 들어 있기 때문이다.

(3) 방귀는 우리 눈에 보이지 않는 기체이기 때문이다.

(4) 음식을 먹을 때 입속으로 공기가 들어가기 때문이다.

3 방귀에서 왜 냄새가 나는지 그 까닭을 써 보세요.

방귀에서 냄새가 나는 까닭은 ✎

_____

_____

주제 어휘	연관	소화	물질	공간	원소

4 다음 뜻에 알맞은 **주제 어휘**에 ◯표 하세요.

(1) 여럿이 서로 관계를 가지고 있는 것. 　　　　　　　　　| 비관 | 연관 |

(2) 물질을 구성하는 기본적인 성분. 더 이상 나눠질 수 없음. 　| 원소 | 원전 |

(3) 사람이나 동물이 먹은 것을 배 속에서 처리하여 영양분으로 빨아들이는 것.

| 변화 | 소화 |

(4) 세상의 온갖 것을 이루며, 보고 만질 수 있거나 과학적으로 다룰 수 있는 것.

| 물질 | 손질 |

5 다음 빈칸에 들어갈 알맞은 낱말을 주제 어휘에서 찾아 쓰세요.

> (1) 과식을 했더니 (　　　　　)가 잘 안 된다.
>
> (2) (　　　　　)은 대부분 고체, 액체, 기체 상태로 있다.
>
> (3) 지구의 물질은 118개의 (　　　　　)로 이루어져 있다.
>
> (4) 그는 이번 사건과 직접적으로 (　　　　　)된 인물이다.

6 다음 밑줄 친 말과 뜻이 비슷한 낱말을 주제 어휘에서 찾아 쓰세요.

> 매우 무더운 여름날, 사람들이 마을버스 정류장에서 버스를 기다리고 있었다. 정류장에 놓여 있는 기다란 의자에는 세 사람이 앉아 있었다. 그때 땀을 뻘뻘 흘리며 걸어온 할아버지가 앉아 있던 사람들에게 부탁했다. "자리 좀 좁혀서 <u>빈 곳</u> 좀 만들어 주세요." 사람들은 서로서로 자리를 좁혀 앉았다.

(　　　　　　　　　)

경국대전을 펼쳐라!

경국대전을
펼쳐라!
글 손주현
책과함께어린이

어휘사전

* **유분수**(有 있을 유, 分 나눌 분, 數 셈 수) 지켜야 할 분수가 있는 것.

* **이방**(吏 벼슬아치 이, 房 방 방) 옛날 조선 시대에 지방 관청에서 일을 맡아보던 사람.

* **병구완** 앓는 사람을 돌보아 주는 일.

* **공노비** 옛날에 나라에 속해서 관청의 논밭을 가꾸는 일을 하던 사람.

* **구제** 어려운 형편에 있는 사람을 도와서 거기에서 벗어나게 해 주는 것.

* **형전**(刑 형벌 형, 典 법 전) 조선 시대에 재판, 노비 등을 다룬 법.

"아무리 그래도 그렇지, 밀린 일을 모두 하라니요?"

"글쎄, 일도 안 하고 쉬었으면 그간 못 한 일을 다 해야지 무슨 말이야? ㉠양심에 털이 나도 **유분수**˚지."

달봉이가 얼마간 일을 못 했는데 **이방**˚이 못 한 일을 다 채우라는 것 같았다.

"안사람이 아이를 낳고 심하게 아픕니다. 애 볼 사람도 없고 환자 **병구완**˚도 해야 하는데 어찌합니까? 제발 사정 좀 봐주십시오. 오늘도 빨리 가 보아야 합니다."

아기를 낳았다는 달봉이의 처도 **공노비**˚다. 관아의 남자 노비인 달봉이와 혼인한 것이 벌써 2년 전인데, 지난달까지 배가 불러 다니더니 드디어 아이를 낳았다. 이방도 사정을 뻔히 알 텐데 ㉡매몰차기가 이를 데 없었다.

치국이가 해박이에게 조곤조곤 설명했다.

"달봉이 처가 아이를 낳았는데 몸져누웠나 봐. 그래서 달봉이도 병구완하고 애를 돌보느라 관아 일이 밀렸는데, 이방이 그걸 다 하고 가라는 거지. 달봉이는 기가 막혀 이방과 입씨름 중이야."

"드디어 낳았구나. 아들이래 딸이래?"

"지금 그게 중요하냐? 일을 못 할 지경인데 밀린 것까지 전부 하라잖아?"

치국이가 분통을 터뜨리며 발을 굴렀다.

"왜 나한테 성질부리고 그래? 정 안타까우면 혹시 **구제**˚해 줄 조항이 없나 찾아보시든가."

"구제해 줄 조항?"

"기다려 봐……. 여기 있다! 「**형전**˚」 중 공노비 조항이야. 들어 봐."

여자 노비에게 아기를 낳기 직전에 30일, 낳고 나서는 50일의 휴가를 주고, 그 여자 노비의 남편에게는 아기가 태어난 뒤 15일의 휴가를 준다.

- 「형전」 공노비 중에서

1

중심
내용

이 글에서 문제가 되고 있는 것은 무엇인가요? (   )

① 이방의 말투
② 달봉이의 월급
③ 달봉이의 병
④ 달봉이의 휴가
⑤ 치국이 처의 출산

2

글의
구조

이 글에서 일이 일어난 순서대로 번호를 쓰세요.

(1) 이방이 달봉이에게 무리하게 일을 시킨다.
(2) 치국이가 해박이에게 달봉이의 사정을 이야기한다.
(3) 치국이와 해박이가 「형전」에서 공노비의 휴가 조항을 찾는다.
(4) 달봉이가 이방에게 사정을 이야기하지만, 이방은 매몰차게 대한다.

(   ) → (   ) → (   ) → (   )

3

어휘
이해

㉠, ㉡에 쓰인 다음 표현의 뜻으로 알맞은 것을 선으로 이으세요.

㉠ 양심에 털이 나다. •

㉡ 매몰차기가 이를 데 없다. •

• ① 인정이 없고 아주 쌀쌀맞다.

• ② 부끄러움을 아는 마음이 없다.

4

감상
하기

이 글에 나온 인물들에 대해 바르게 이야기한 친구의 이름을 쓰세요.

이방은 달봉이의 처가 아픈 것을 알고 달봉이를 배려했어. 인정 많은 사람이야.

우주

해박이는 달봉이의 사정을 알면서도 별다른 관심을 보이지 않았어. 이기적인 사람이야.

소리

치국은 달봉이에 대한 이방의 태도를 보고 화를 냈어. 그런 모습을 보면 정의로운 사람이야.

다빈

(   )

조선의 법전, 『경국대전』

▲ 『경국대전』

법은 사람들이 안전하게 살기 위해 모두가 그렇게 하기로 정해 놓은 약속이다. 만약 법이 없다면 어떨까? 사람들은 제멋대로 행동하고, 나쁜 짓도 서슴없이 할 것이다. 그래서 나라에서는 법을 정해서 모두가 지키도록 하고 있다. 누군가 법을 어기면 그 사람은 **처벌**[*]받게 된다. 법 중에서 최고의 법은 **헌법**[*]이다. 우리나라의 헌법은 국민의 권리와 국가의 기초를 소개하고 있다.

옛날 조선 시대에도 오늘날의 헌법과 같은 것이 있었다. 바로 『경국대전』(1476)이다. 조선 제7대 세조 임금은 나라의 **규칙**[*]을 총정리한 **법전**[*]을 만들도록 지시하였다. 그것을 계속 고쳐서 성종 임금 때 『경국대전』이 완성되었다. 『경국대전』은 나라를 다스리는 내용을 담은 총 여섯 권의 법전이다. 조선 시대에는 나라의 조직이 여섯 개로 나누어져 있었다. 그래서 각 조직이 담당하는 일과 관련된 법을 여섯 권의 법전으로 만든 것이다.

여섯 권은 「이전」, 「호전」, 「예전」, 「병전」, 「형전」, 「공전」 등이었다. 「이전」은 관리들에 관한 법을, 「호전」은 돈과 관련된 법을, 「예전」은 나라의 행사에 관한 법을, 「병전」은 군사에 관한 법을, 「형전」은 재판이나 노비와 관련된 법을, 「공전」은 건설에 관한 법을 다루었다.

『경국대전』에는 오늘날과 비슷한 법도 실려 있다. 예를 들어 「형전」에 실린 '공노비가 아이를 낳기 전과 후에 휴가를 갈 수 있다.'는 법이 그것이다. 오늘날에는 아이를 낳은 후에 아내나 남편이 쉬는 것이 당연한 일이 되었다. 그런데 **신분 제도**[*]가 있던 옛날에도 노비가 쉴 수 있도록 법을 마련했다는 사실을 알 수 있다.

왕은 관리들이 법을 잘 지키는지 확인하기 위해, 지방에 '**암행어사**[*]'를 보내기도 하였다. 이처럼 조선은 법이 자세하고, 법을 중요하게 생각하는 나라였다.

어휘사전

＊**처벌** 법에 따라 벌을 주는 것.

＊**헌법** 국가를 다스리는 기본이 되는 법.

＊**규칙** 한 조직에 속한 여러 사람이 다 같이 지키기로 정한 법칙.

＊**법전** 모든 법을 한데 모아 정리한 책.

＊**신분 제도** 사람을 몇 개의 계급으로 나누어 그 계급에서 벗어나지 못하게 하는 제도.

＊**암행어사** 왕의 명령으로 몰래 보내진 관리.

내용요약

글의 중심 내용을 생각하며 빈칸의 낱말을 써 보세요.

『ㄱ ㄱ ㄷ ㅈ 』은 조선을 다스리는 내용을 담은 총 여섯 권의 법전이다.
이 법전에는 나라의 관리, 돈, 행사, 군사, 재판, 건설 등에 관한 법이 실려 있다.

1 이 글에서 설명하는 것은 무엇인가요?　(　　　　　)

중심
내용

① 조선 시대의 신분
② 조선 시대의 법전
③ 조선 시대의 생활
④ 조선 시대의 출산
⑤ 조선 시대의 언어 생활

2 이 글의 내용과 일치하지 <u>않는</u> 것은 무엇인가요?　(　　　　　)

내용
이해

① 『경국대전』은 세조 때 완성되었다.
② 「병전」은 군사나 군대에 관한 법을 담고 있다.
③ 법은 모두가 그렇게 하기로 정해 놓은 약속이다.
④ 「형전」은 재판이나 노비에 관한 법을 담고 있다.
⑤ 『경국대전』은 나라를 다스리는 내용을 담고 있다.

3 이 글을 읽고 짐작한 내용으로 알맞은 것의 기호를 쓰세요.

추론
하기

> ㉠ 세금을 어떻게 걷었는지 알고 싶다면 「호전」에 실린 법을 살펴봐야 해.
> ㉡ 강을 건너는 다리를 어떻게 지었는지 알고 싶다면 「형전」에 실린 법을 살펴봐야 해.
> ㉢ 옛날에 만들어진 법전이니까 『경국대전』에 실린 법의 내용은 오늘날과 비슷한 점이 하나도 없을 거야.

(　　　　　)

주제 정리 **1** 생각주제와 관련된 앞의 두 글을 읽고 내용을 정리해 보세요.

『경국대전』

- 나라를 다스리기 위해 조선 성종 때 완성된 조선의 ㅂㅈ .
- 오늘날과 비슷한 내용의 법도 있음.

구성	지키게 한 방법	예 경국대전을 펼쳐라!
나라의 ㅇㅅ 개 조직이 담당하는 일과 관련된 법을 담고 있음.	지방의 관리들이 법을 지키는지 감시하기 위해 암행어사를 보내기도 함.	아내가 아이를 낳은 달봉이는 「형전」의 법에 따라 휴가를 사용할 수 있음.

2 『경국대전』에 대한 설명으로 알맞은 것 두 가지를 골라 ○표 하세요.

(1) 세조 임금 때 완성되었다.

(2) 여섯 분야로 구성되어 있다.

(3) 나라를 다스리는 내용을 담고 있다.

(4) 고려 시대에 만들어져 조선 시대까지 이어졌다.

3 법이 필요한 까닭에 대한 자신의 생각을 써 보세요.

법이 필요한 까닭은 ✎

주제 어휘	구제	처벌	헌법	규칙	법전

4 다음 뜻에 알맞은 **주제 어휘**에 ○표 하세요.

(1) 법에 따라 벌을 주는 것.　　　　　　　　　　　벌점　처벌

(2) 모든 법을 한데 모아 정리한 책.　　　　　　　사전　법전

(3) 국가를 다스리는 기본이 되는 법.　　　　　　헌법　민법

(4) 어려운 형편에 있는 사람을 도와서 거기에서 벗어나게 해 주는 것.

구제　통제

5 다음 빈칸에 들어갈 알맞은 낱말을 **주제 어휘**에서 찾아 쓰세요.

(1) 대한민국의 최고 법은 (　　　　　)이다.

(2) 야구 경기는 정해진 (　　　　　)에 따라서 진행된다.

(3) 죄를 지은 사람은 (　　　　　)을 받도록 법으로 정하고 있다.

(4) 조선 시대에는 나라를 다스리는 법을 모은 (　　　　　)이 편찬되었다.

6 다음 밑줄 친 말과 뜻이 비슷한 낱말을 **주제 어휘**에서 찾아 쓰세요.

　　이번 여름 태풍은 그 마을에 끔찍한 피해를 입혔다. 많은 집이 빗물에 잠기거나 바람에 무너졌다. 그래서 살 곳을 잃은 사람들이 마을에 있는 학교에서 생활하고 있다. 이렇게 태풍으로 피해를 본 사람들을 <u>지원하기</u> 위해 온 마을 사람들이 모금 운동을 시작하였다.

(　　　　　)

김홍도

> **김홍도**
> 글 곽옥미
> 주니어RHK

"여봐라, 무엇을 그리든 그림을 척 보는 순간에 껄껄 웃을 수 있도록 하라!"

정조의 격려 덕분에 **풍속화**＊는 크게 발달하게 되었어요. 이제 **화원**＊들은 누구나 할 것 없이 세상 사람들이 살아가는 모습에 눈을 돌려야 했어요. 다른 화원들과 마찬가지로 김홍도도 **소재**＊를 찾아 세상을 살펴보아야 했지요.

"재미있는 소재를 찾아내야 좋은 그림을 그릴 수 있어."

김홍도의 눈에 비친 세상에는 참 재미있는 모습들이 많았어요. 『풍속화집』이라는 김홍도의 풍속화 모음집에는 재미있는 그림이 여럿 있어요. 그중 하나가 「**서당**＊」이에요.

'서당이라, 무엇부터 그려야 할까? 서당이라면 **훈장**＊님과 학생들이 있어야겠지. 그리고 책과 ㉠훈장님의 책상이 있어야 하고, 또 ㉡회초리도 필요하겠군.'

김홍도는 당시 서당에서 **중인**＊ 계급의 학생도 받아 주었다는 것을 잊지 않고, ㉢더벅머리 학생 한 명을 그리기로 마음먹었어요. 또 일찍 장가를 가서 ㉣갓 쓴 학생의 그림도 잊지 않았고요.

'글공부를 제대로 못한 학생이 매를 맞고 울고 있는 장면이 좋을 것 같군. 훈장님의 표정은 못마땅하면서 안쓰러워하는 듯하면 되겠고.'

모두 열 명이 등장하는 그림에서 김홍도는 열 명의 표정을 모두 제각각으로 그렸어요. 웃고 있는 학생, 울고 있는 학생, 다음 차례를 겁내며 글을 외는 학생, 놀리는 학생 등 모두 제각각이지요. 매를 맞은 학생은 아픈 종아리를 잡고 서럽게 울고 있고요.

'그런데 인물들을 어떻게 배치해야 좋을까? 음, 훈장을 오른쪽 위에 앉히고, 왼쪽 아래는 화면을 채우지 말고 텅 비워야지. 학생들은 왼쪽 위와 오른쪽 아래에 마주 보듯 앉으면 좋겠어. 장면은 위에서 아래로 내려다보듯이 그리고. 됐어. 이만하면 그림 속에 이야기가 들어 있지?'

그림에 대한 생각이 끝나자 김홍도는 곧바로 그림을 그리기 시작했어요. ㉤다양한 표정을 가진 인물들이 붓끝에서 살아 움직이기 시작했어요.

어휘사전

＊**풍속화** 한 시대 사람들의 습관이나 일상 모습을 사실적으로 그린 그림.

＊**화원** 조선 시대 도화서라는 관청에 소속되어 그림을 그리던 화가.

＊**소재** 예술 작품에서 나타내고자 하는 내용이나 사물.

＊**서당**(書 글 서, 堂 집 당) 옛날에 아이들이 글을 배우던 집.

＊**훈장**(訓 가르칠 훈, 長 길 장) 옛날에 서당에서 글을 가르치던 사람.

＊**중인**(中 가운데 중, 人 사람 인) 조선 시대에 양반과 평민의 중간에 속한 계층.

1

중심
내용

이 글에서 일어난 중요한 일이 무엇인지 빈칸에 들어갈 알맞은 말을 쓰세요.

김홍도는 웃음이 나오는 그림을 그리라는 정조의 격려를 듣고, 세상 사람들이 살아가는 모습을 담은 [　][　][　]를 그리게 되었다.

2

내용
이해

「서당」에 그려지지 않은 인물을 찾아 기호를 쓰세요.

㉮ 여학생　　　　㉯ 갓 쓴 학생　　　　㉰ 놀리는 학생
㉱ 더벅머리 학생　　㉲ 울고 있는 학생

(　　　　　　)

3

추론
하기

㉠~㉤ 중에서 김홍도의 그림이 재미있는 이유로 알맞은 것의 기호를 쓰세요.

(　　　　　　)

4

감상
하기

이 글을 바탕으로 다음 그림을 알맞게 감상하지 못한 것은 무엇인가요?

(　　　　　　)

▲ 김홍도 「서당」

① 훈장님은 잠시 자리를 비우신 것 같아.
② 울고 있는 학생은 훈장님께 혼난 모양이야.
③ 다들 표정이 제각각이라 보는 재미가 있어.
④ 훈장님이 학생을 혼낸 건 학생이 미워서가 아니야.
⑤ 웃는 학생도 있는 걸 보니 무서운 분위기는 아니야.

사람들의 모습을 담은 풍속화

조선 시대에는 그림 실력이 뛰어난 사람들을 나라에서 모아 놓은 '도화서*'라는 곳이 있었다. 도화서에서 그림을 그리는 사람을 '화원'이라고 했다. 화원들은 나라의 중요한 행사나 왕의 얼굴을 그리는 일을 도맡아 했다. 김홍도는 정조의 얼굴을 두 번이나 그릴 정도로 실력이 뛰어났다. 그는 산수화, 인물화 등 모든 종류의 그림에 능숙하였지만, 특히 **풍속***을 그린 그림으로 널리 알려졌다.

김홍도가 그림을 그렸던 조선 후기는 평범한 사람들의 삶이 이전보다 넉넉해진 시기였다. 그래서 그들의 자녀들도 서당에서 공부할 수 있었다. 또한 판소리, 탈놀이, 씨름 등을 즐기기도 했다. 이렇게 평범한 사람들의 **문화***가 다양해지자, 그림도 그 영향을 받게 된다. 이 당시에 평범한 사람들이 살아가는 모습을 그린 그림을 풍속화라고 한다.

김홍도는 사람들이 논과 밭에서 농사를 짓고, 서당에서 공부하고, 시냇가에서 빨래하고, 씨름판에서 씨름하는 모습을 실감 나게 그렸다. 대표적인 작품으로 「논갈이」, 「서당」, 「씨름」 등이 있다. 김홍도의 이 그림들에는 **익살***스러움이 잘 표현되어 있다. 재미있는 상황과 살아 있는 인물의 표정을 보다 보면 슬며시 웃음이 나온다.

또 인물이 중심이 되도록 **배경***을 자세히 그려 넣지 않고, 한 가지 배경색을 짙게 또는 옅게만 사용하였다. 그리고 가까운 인물은 크게, 멀리 있는 인물은 작게 그리는 **원근법***을 처음으로 사용하였다. 그래서 김홍도의 그림을 보면, 마치 조선 시대에 찍은 사진을 보는 것 같다.

김홍도의 그림 기법은 신윤복과 김득신 등 다른 화가들에게 큰 영향을 주었다. 또 그가 그린 풍속화는 조선 후기 사람들이 어떻게 살았는지 보여 주는 좋은 자료가 되고 있다.

어휘사전

* **도화서** 조선 시대에 그림에 관한 일을 맡아보던 나라의 기관.
* **풍속** 한 시대 사람들의 습관이나 일상 모습.
* **문화**(文 글월 문, 化 될 화) 한 사회의 예술·문학·도덕·종교 등을 아우르는 말.
* **익살** 일부러 남을 웃기려고 하는 우스운 말이나 행동.
* **배경** 뒤쪽의 경치.
* **원근법** 화면에 사물들의 멀고 가까운 것을 표현하는 방법.

내용요약
글의 중심 내용을 생각하며 빈칸의 낱말을 써 보세요.

김홍도가 그린 [ㅍ][ㅅ][ㅎ]는 평범한 사람들이 사는 모습을 익살스럽게 표현한 그림이다. 조선 후기 사람들이 어떻게 살았는지 보여 주는 좋은 자료이다.

1 김홍도에 대한 설명으로 알맞지 <u>않은</u> 것은 무엇인가요?   (   )

내용
이해

① 김홍도는 도화서에 속한 화원이었다.
② 김홍도는 정조의 초상화를 두 번이나 그렸다.
③ 김홍도는 평범한 사람들이 사는 모습을 그렸다.
④ 김홍도는 다른 그림은 그리지 않고 풍속화만 그렸다.
⑤ 김홍도의 풍속화 기법은 다른 화가들에게도 영향을 주었다.

2 김홍도의 풍속화에 대한 설명으로 알맞은 것을 두 가지 찾아 ○표 하세요.

내용
이해

(1) 재미있고 익살스럽게 표현하였다.   (   )
(2) 평범한 사람들의 모습을 담고 있다.   (   )
(3) 배경을 세밀하고 자세하게 묘사하였다.   (   )
(4) 시냇가에서 빨래하는 모습은 담지 않았다.   (   )

3 이 글을 바탕으로 **보기**의 그림을 바르게 감상한 것을 찾아 기호를 쓰세요

추론
하기

┤ 보기 ├

▲ 김홍도 「씨름」

㉠ 한복의 다양한 색깔을 잘 표현했어.
㉡ 씨름하는 상황을 흥미진진하게 표현했어.
㉢ 신분이 높은 사람들이 놀이를 하는 그림이
네.

(   )

 1 생각주제와 관련된 앞의 두 글을 읽고 내용을 정리해 보세요.

김홍도의 풍속화

그림의 소재	그림 묘사의 특징	대표적인 작품과 업적
ㅍ ㅂ 한 사람들이 살아가는 모습을 그렸는데, 그중에서도 재미있는 상황을 주로 담음.	• 인물들의 표정을 익살스럽게 표현함. • ㅂ ㄱ 은 한 가지 색으로만 표현함. • 원근법을 사용함.	•「논갈이」, 「서당」, 「씨름」 등. • 다른 풍속화 화가들에게 영향을 주었고, 조선 후기 삶의 모습을 보여 줌.

2 풍속화에 대한 설명으로 알맞은 것 두 가지를 골라 ○표 하세요.

(1) 풍속화는 조선 전기에 크게 유행하였다.

(2) 풍속화는 평범한 사람들이 살아가는 모습을 담았다.

(3) 자연이나 풍경, 신분이 높은 사람의 모습을 주로 그렸다.

(4) 조선 시대에 풍속화를 그린 대표적인 화가는 김홍도이다.

3 풍속화가 재미있는 까닭에 대해 자신의 생각을 써 보세요.

풍속화가 재미있는 까닭은 ✎

| 주제 어휘 | 소재 | 풍속 | 문화 | 익살 | 배경 |

4 다음 뜻에 알맞은 **주제 어휘**에 ◯표 하세요.

(1) 뒤쪽의 경치.   풍경 | 배경

(2) 예술 작품에서 나타내고자 하는 내용이나 사물.   소재 | 존재

(3) 일부러 남을 웃기려고 하는 우스운 말이나 행동.   익살 | 엄살

(4) 한 사회의 예술·문학·도덕·종교 등을 아우르는 말.   만화 | 문화

5 다음 빈칸에 들어갈 알맞은 낱말을 **주제 어휘**에서 찾아 쓰세요.

(1) 경복궁을 (   )으로 사진을 찍었다.

(2) 김홍도는 사람들이 사는 모습인 (   )을 즐겨 그렸다.

(3) 그는 사람들을 웃기기 위해 (   )스러운 표정을 지었다.

(4) 다른 나라와 교류하면 그 나라의 (   )가 들어오기도 한다.

6 다음 밑줄 친 말과 뜻이 비슷한 낱말을 **주제 어휘**에서 찾아 쓰세요.

신윤복은 조선 시대 여성들의 모습을 주로 그린 화가이다. 신윤복은 「단오풍경」이라는 그림 속에 그네를 타려고 한 발을 올리고 있는 여인, 긴 머리를 땋고 있는 여인, 개울가에 삼삼오오 모여서 머리를 감는 여인들의 모습을 다채롭게 그려 냈다. 신윤복은 김홍도, 김득신과 함께 조선 시대의 생활 모습을 그린 대표적인 화가이다.

(   )

2장

2개의 글을 연결해
재미있게 읽어요~

날씬해지고 말 거야!

날씬해지고
말 거야!
글 최형미
팜파스

"세리야, 너 어쩜 이렇게 예뻐졌니?"

지영이의 엄마도 세리 언니의 달라진 외모를 칭찬하느라 여념이 없었다. 지영이와 엄마의 반응에 둘째 이모가 손사래를 치며 말했다.

"아이고, 그만해. 다들 앉아서 닭이나 먹자."

"세리, 재 수능 시험이 끝나자마자 죽음의 **다이어트**[*]인가 뭔가 했어. 그래서 살을 쫙 뺐지, 뭐니. 그랬더니 살 속에 파묻혀 있던 코가 저렇게 살아나더라. 대학에 들어가고 화장도 하니까 예뻐지더라고."

긴 생머리, 하얀 피부, 오뚝한 코, 긴 속눈썹. 그야말로 엄청난 **변신**[*]이다. 얼굴만 예쁜 게 아니다. 언니는 몸매도 매우 말랐다. 팔과 다리가 가늘어서 마치 꼭 텔레비전에 나오는 걸 그룹 언니 같았다. 지영이는 마른 몸매가 잘 드러나는 짧은 반바지와 민소매 블라우스를 입은 언니의 모습이 매우 부러웠다. 지영이는 치킨을 먹지도 않고 세리 언니의 팔짱을 끼며 말했다.

"언니, 언니 나랑 ㉠얘기 좀 해."

사실 조금 전까지만 해도 지영이는 살을 빼는 것이 너무 힘들어서 포기하고 싶은 마음이었다. 하지만 세리 언니를 보고 나니 마음이 완전히 바뀌었다. 언니처럼 말라서 여신의 모습이 되고 싶었다.

하필이면 오늘 급식은 지영이가 좋아하는 닭튀김이다. 다이어트를 시작하고 나니 **칼로리**[*]가 높은 닭튀김과 돈가스, 갈비찜 같은 음식이 급식으로 왜 이리 자주 나오는지 모르겠다. 그리고 오늘 급식 당번은 상준이다. 상준이를 생각하면 지영이는 괜히 부끄러워진다. 상준이는 누가 봐도 멋지다. 얼굴도 잘생겼고, 성격도 좋고 공부도 잘한다. 상준이가 남자 친구라면 얼마나 좋을까? 하지만 상준이는 지영이에게 별 관심이 없을 것이다. 상준이처럼 **인기**[*] 많은 아이가 평범한 자신을 좋아할 리 없다.

갑자기 세리 언니의 말이 생각이 났다.

"여자는 날씬해야 해! 예뻐야 남자들이 좋아하지!"

지영이는 문득 날씬해지면 상준이도 자신을 좋아할지 모른다는 생각이 들었다.

어휘사전

* **다이어트**(diet) 건강이나 몸매를 위해 음식을 적게 먹는 일.
* **변신**(變 변할 변, 身 몸 신) 모습을 바꾸는 것.
* **칼로리**(calorie) 음식물의 영양가를 열량으로 바꾸어 나타내는 말.
* **인기**(人 사람 인, 氣 기운 기) 사람들의 관심과 좋아하는 마음.

1 이 글에서 일어난 중요한 일이 무엇인지 빈칸에 들어갈 알맞은 말을 쓰세요.

중심
내용

> 지영이는 세리 언니가 살을 빼고 모습이 달라지자, 자신도 ☐☐☐☐
> 를 해서 예뻐지면 상준이가 자신을 좋아할지도 모른다고 생각하게 된다.

2 다음 중 이 글에서 알 수 없는 것은 무엇인가요? (   )

내용
이해

① 세리 언니의 외모
② 지영이네 학교의 급식 메뉴
③ 상준이에 대한 지영이의 마음
④ 죽음의 다이어트를 하는 방법
⑤ 지영이가 상준이를 좋아하는 까닭

3 ㉠의 내용을 짐작한 것으로 알맞은 것은 무엇인가요? (   )

추론
하기

① "언니, 언니처럼 예쁘게 옷 입는 법 좀 알려 줘."
② "언니, 요즘 사귀는 남자 친구 이야기 좀 해 줘."
③ "언니, 텔레비전에 나오는 걸 그룹 중에 누가 제일 좋아?"
④ "언니, 어떻게 하면 언니처럼 날씬해질 수 있는지 알려 줘."
⑤ "언니, 어떻게 하면 언니처럼 대학에 갈 수 있는지 알려 줘."

4 이 글을 읽고 자신의 생각이나 느낌을 알맞게 말한 친구의 이름을 쓰세요.

감상
하기

지영이가 세리 언니를
무시하는 건 당연해.

철이

날씬한 사람이 인기가 많으니까
무조건 살을 빼야 해.

민이

누군가에게 잘 보이기 위해서 살을
빼는 행동이 과연 옳은 것일까?

윤지

(   )

필수가 아닌 선택, 다이어트

요즘 사람들은 다이어트에 관심이 많다. 텔레비전에서는 다이어트에 성공한 사람들의 이야기가 소개되고, 다이어트 제품 광고도 자주 나온다. 사람들이 새해 목표로 가장 많이 꼽는 것이 '올해에는 살을 빼자.'이기도 하다. 왜 이렇게 사람들은 살을 빼고 싶어 할까?

많은 사람이 건강을 위해 체중을 조절하려고 살을 뺀다. 살이 많이 찌면 여러 질병에 걸리기 쉽기 때문이다. 그런데 건강을 지키기 위해서가 아니라, 오로지 **외모***를 가꾸기 위해서 다이어트를 하는 경우도 많다. 우리 사회에는 사람의 외모로 그 사람을 판단하는 그릇된 분위기가 있다. 그리고 **연예인***처럼 마른 사람이 더 아름답다는 생각이 퍼져 있어서, 그 기준에 자신을 맞추기 위해 다이어트를 하기도 한다.

그런데 아름답다는 **기준***은 시대에 따라 달랐다. 날씬한 사람이 아름답다는 것은 현대에 만들어진 기준이다. 예를 들어, 고대와 그리스 시대에는 **풍만한*** 여성이 미인으로 여겨졌다. 이때는 농사를 주로 지었기 때문에 태어나는 아이가 많을수록 일손도 많아졌다. 그래서 아이를 많이 낳을 수 있는 풍만한 여성을 아름답다고 생각한 것이다. 이렇듯 아름다움은 사람이 만들어 놓은 기준에 따라 얼마든지 달라질 수 있다.

사람의 몸은 저마다 생김새가 다르다. 그래서 하나의 기준을 놓고 사람의 몸을 판단하는 것은 잘못된 생각이다. 더욱이 자라나는 어린이와 청소년은 건강에 문제가 있는 게 아니라면 굳이 살을 뺄 필요가 없다. ㉠겉모습보다는 내면을 닦고, 자신만의 능력을 키우는 것이 더 중요하다. 거울을 놓고 나의 모습을 들여다보자. 나는 세상에서 단 하나뿐인 사람이다. 내 모습은 그 자체로도 충분히 아름답다.

어휘사전

* **외모**(外 바깥 외, 貌 모양 모) 겉으로 드러난 모습.

* **연예인** 대중적인 노래·춤·연기 등의 직업을 가진 사람.

* **기준**(基 터 기, 準 법도 준) 기본으로 삼아 따르는 본보기.

* **풍만하다** 몸에 살이 보기 좋을 정도로 많다.

내용요약

글의 중심 내용을 생각하며 빈칸의 낱말을 써 보세요.

일부 사람들은 예뻐 보이기 위해서  ㄷ ㅇ ㅇ ㅌ 를 한다. 그러나 아름다움의 기준은 시대에 따라 달라졌고, 겉모습보다는 내면을 돌보는 것이 더 중요하다.

1 이 글에서 주장하는 내용은 무엇인가요? (   )

중심
내용

① 다이어트의 힘
② 다이어트약의 효능
③ 다이어트의 중요성
④ 다이어트의 불필요성
⑤ 다이어트에서 운동의 중요성

2 이 글의 내용과 일치하는 것은 무엇인가요. (   )

내용
이해

① 다이어트를 하면 모두가 연예인처럼 될 수 있다.
② 어린이와 청소년도 다이어트를 열심히 해야 한다.
③ 사람의 몸은 절대적인 기준을 놓고 판단할 수 있다.
④ 아름다움에 대한 기준은 시대가 달라져도 변함이 없다.
⑤ 고대와 그리스 시대에는 풍만한 사람을 아름답다고 여겼다.

3 다음 대화에서 ㉠과 같은 생각을 가진 친구의 이름을 쓰세요.

적용
하기

> 진희: 나는 연예인처럼 날씬하고 예뻐질 거야. 그래야 성공하는 삶을 살 수 있어.
> 민중: 나는 외모는 상대적인 것이라고 생각해. 나는 외모를 가꾸기보다 내 능력을
>   키울 거야. 내 꿈은 우주 비행사야.

(   )

 1 생각주제와 관련된 앞의 두 글을 읽고 지영이에게 쓸 말을 빈칸에 써 보세요.

다이어트

건강이나 몸매를 위해 음식을 적게 먹는 일.

다이어트를 하는 까닭	다이어트를 하지 않아도 되는 까닭	「날씬해지고 말 거야!」의 주인공 지영이에게
• 건강을 위해 체중을 조절하려고 다이어트를 함. • 마른 사람이 더 아름답다고 생각해서 다이어트를 함.	• 아름다움의 기준은 시대에 따라 달랐음. • 겉모습보다는 내면을 닦고, 자신만의 능력을 키우는 것이 더 중요함.	

2 다음 두 친구가 공통으로 이야기하고 있는 것에 ○표 하세요.

 살이 너무 쪄서 건강 때문에 살을 빼야겠어.

 더 날씬해지고 예뻐지기 위해서 살을 빼야겠어.

(1) 다이어트를 하는 까닭을 소개하고 있다.

(2) 다이어트에 성공한 예를 소개하고 있다.

3 다이어트를 꼭 하지 않아도 되는 까닭을 써 보세요.

다이어트를 꼭 하지 않아도 되는 까닭은 ✎

| 주제 어휘 | 다이어트 | 변신 | 외모 | 기준 | 풍만하다 |

4 다음 뜻에 알맞은 주제 어휘에 ○표 하세요.

(1) 모습을 바꾸는 것. 　　　　　　　　　　　　　　　　　헌신　｜　변신

(2) 겉으로 드러난 모습. 　　　　　　　　　　　　　　　　몸매　｜　외모

(3) 기본으로 삼아 따르는 본보기. 　　　　　　　　　　　기초　｜　기준

(4) 몸에 살이 보기 좋을 정도로 많다. 　　　　　　　풍만하다　｜　산만하다

5 다음 빈칸에 공통으로 들어갈 낱말을 주제 어휘에서 찾아 쓰세요.

(1)
- 쓰레기 분리수거의 　　　　　을 세웠다.
- 이산화 탄소 배출량이 　　　　　을 넘어섰다.

→ ☐☐

(2)
- 지나치게 살이 쪄서 병이 생긴 사람은 　　　　　를 해야 한다.
- 성장하는 어린이가 　　　　　를 하면 키가 크지 않을 수도 있다.

→ ☐☐☐☐

6 다음 밑줄 친 말과 뜻이 비슷한 낱말을 주제 어휘에서 찾아 쓰세요.

'지상주의'란 무엇 하나만을 가장 중요한 것으로 생각하는 것을 말한다. 지상주의는 중요하게 생각하는 것이 무엇이냐에 따라서 다양한 말로 쓰일 수 있다. 학교 성적을 제일 중요하게 여기는 것은 '성적 지상주의', 출신 학교를 제일 중요하게 여기는 것은 '학벌 지상주의'가 된다. 사람의 <u>겉모습</u>을 제일 중요하게 여기는 것에도 지상주의라는 말을 붙일 수 있다.

(　　　　　　　)

요즘 초등학생의 희망 직업

초등학교 6학년 6,929명의 학생들에게 **희망***하는 **직업***을 조사했다. 그 결과 운동선수가 되고 싶어 한 학생들이 가장 많았다. 다음으로는 선생님이 많았고, 세 번째는 유튜버, 네 번째는 의사 그리고 열 번째로 **웹툰*** 작가가 뽑혔다. 의사보다 유튜버를 꿈꾸는 아이들이 많아진 것이다. 요즘 초등학생들은 스마트폰으로 언제 어디서든 동영상과 웹툰을 즐겨 보게 되었다. 그래서 자연스레 유튜버와 웹툰 작가가 인기 직업이 되었다.

그러면 유튜버와 웹툰 작가는 무슨 일을 할까? 유튜버는 직접 만든 동영상을 유튜브라는 **웹 사이트***에 올린다. 동영상은 스마트폰만 있으면 손쉽게 찍을 수 있다. 동영상의 주제는 무엇이든지 자신이 원하는 것으로 정할 수 있다. 음식을 먹는 모습, 게임을 하는 모습, 공부하는 모습도 가능하다. 그 동영상을 보는 사람들이 많아질수록 유튜버는 인기를 얻는다.

웹툰 작가도 유튜버처럼 무엇인가를 **창작***하는 직업으로, 초등학생의 관심을 받고 있다. 예전에는 만화를 종이에 그렸지만, 요즘에는 컴퓨터로 그릴 수 있다. 컴퓨터에는 그림을 그리는 다양한 도구와 기능이 있어서 그림을 더욱 쉽고 재미있게 그릴 수 있다. 예전에는 만화가 책으로만 나왔다. 그러나 이제는 웹 사이트에 올려서 누구나 쉽게 볼 수 있게 되었다.

이렇게 어린이들의 희망 직업이 바뀌는 이유는 ㉠스마트폰 같은 새로운 기술이 등장했기 때문이다. 사회 환경이 달라지고 첨단 기술이 나타나면 그에 맞춰서 새로운 일도 생기게 된다.

어휘사전

* **희망** 어떤 일을 이루거나 하고자 하는 마음.
* **직업** 자신의 적성과 능력에 따라 맡아서 하는 일.
* **웹툰**(webtoon) 인터넷을 통하여 배포되고 연재되는 만화.
* **웹 사이트**(web site) 인터넷에서 정보를 찾아볼 수 있도록 모아 놓은 것.
* **창작**(創 창작할 창, 作 지을 작) 처음으로 만들거나 지어내는 것이나 만들어진 물건.

내용요약

글의 중심 내용을 생각하며 빈칸의 낱말을 써 보세요.

스마트폰 같은 새로운 기술이 등장하면서 요즘 초등학생들에게 유튜버, 웹툰 작가 등의 새로운 희망 [ㅈ] [ㅇ] 이 떠오르고 있다.

1 이 글의 내용으로 알맞은 것은 무엇인가요? (   )

내용
이해

① 초등학생이 가장 희망하는 직업은 선생님이다.

② 요즘은 유튜버보다 의사가 되고 싶은 아이들이 많다.

③ 유튜버와 웹툰 작가는 오래전부터 주목을 받아 온 직업이다.

④ 새로운 기술의 등장으로 아이들이 희망하는 직업도 달라졌다.

⑤ 새로운 기술이 나타난다고 해서 새로운 직업이 생기지는 않는다.

2 ㉠과 관련된 직업으로 알맞은 것을 골라 기호를 쓰세요.

내용
이해

| ㉮ 선생님 | ㉯ 운동선수 | ㉰ 웹툰 작가 |

(   )

3 다음 신문 기사를 읽고 알맞게 생각한 친구는 누구인지 이름을 쓰세요.

비판
하기

> 미국의 한 매체는 어린이가 유튜버가 되는 것은 매우 위험하다고 발표하였다. 유튜버로 성공하여 많은 돈을 벌 수 있다고 해도 유튜버는 지구상에서 가장 정신 건강에 나쁜 직업이라는 것이다. 끊임없이 엄청난 양의 동영상을 만들어야 하고, 수백 명의 사람과 소통하는 과정에서 스트레스를 받게 된다. 또한 사람들이 남기는 나쁜 댓글로도 큰 상처를 받을 수 있다. 그래서 유튜버라는 직업에 대해 신중하게 생각해야 한다고 경고하였다.

유튜버라는 직업은
전 세계적으로 인기 있는
직업이야.

진수

유튜버가 되고 싶다면
유튜버의 문제점도
신중하게 생각해 봐야 해.

문호

성공한 어린이 유튜버들도
많이 있는 걸 보니, 나도 빨리
유튜버가 되어야겠어.

래희

(   )

미래에 생길 직업

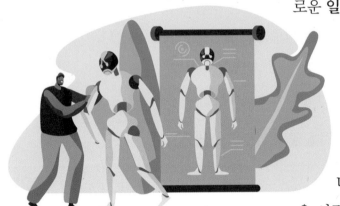

이 세상에는 수많은 직업이 있다. 그런데 지금의 직업 중에서 30퍼센트는 가까운 미래에 사라질 수 있다고 한다. 그 까닭은 과학과 기술이 발달하기 때문이다. 사람이 하던 일을 로봇이나 기계가 맡아서 하면 그 직업은 사라질 수밖에 없다. 그렇다면 사람이 할 일은 없어지는 것일까? 그렇지 않다. 대신 새로운 **일자리**˟가 생겨나는 것이다.

미래에는 어떤 직업이 생겨날까? 먼저 인공 지능 기술의 발달로 인공 지능 전문가가 생길 것이다. 인공 지능은 컴퓨터가 인간처럼 스스로 생각하고, 이해하고, 행동하도록 만드는 기술이다. 여기에는 자율 주행 자동차를 만드는 일도 포함된다. 다음으로 로봇을 만드는 로봇 **개발자**˟가 있다. 로봇은 사람이 하기에 어렵거나 위험한 일들을 대신해 준다. 로봇의 몸체를 만들고 로봇의 뇌에 해당하는 **소프트웨어**˟를 만드는 일 등이 해당된다.

미래에는 지구 환경의 중요성이 더 커질 것이다. 그래서 환경 **공학자**˟, 재활용 기술 전문가, 도시 **재생**˟ 전문가 등 환경과 관련된 직업들이 중요해질 것이다. 환경 공학자는 환경 변화를 예측하고 환경 오염 문제를 해결한다. 재활용 기술 전문가는 버려지는 물건들을 재활용하여 새로운 제품을 만든다. 도시 재생 전문가는 각종 도시 문제를 해결하여 도시를 되살리는 일을 담당한다.

이 밖에도 식량 문제를 위해 새로운 작물을 개발하는 직업, 고치기 어려운 병을 연구하는 **유전자**˟ 전문가도 미래에 주목받을 직업이다. 이처럼 미래의 직업은 과학과 기술의 영향을 크게 받을 것이다.

어휘사전

˟ **일자리** 직업으로 일하는 곳.

˟ **개발자** 새로운 물건을 만들거나 새로운 생각을 내놓는 사람.

˟ **소프트웨어**(software) 컴퓨터에서 기계 부분인 하드웨어를 움직이는 프로그램.

˟ **공학자** 공업의 이론과 기술 등을 전문적으로 연구하는 사람.

˟ **재생**(再 다시 재, 生 날 생) 버리게 된 물건을 다시 가공하여 쓰는 것.

˟ **유전자** 자손에게 물려줄 유전의 내용을 담고 있는 성분.

내용요약

글의 중심 내용을 생각하며 빈칸의 낱말을 써 보세요.

미래에는 ㄱ ㅎ 과 ㄱ ㅅ 의 발달로 인공 지능 전문가, 로봇 개발자, 환경 공학자, 재활용 기술 전문가, 도시 재생 전문가 등의 새로운 직업이 생겨날 것이다.

1 이 글의 내용으로 알맞은 것을 두 가지 찾아 ○표 하세요.

내용 이해

(1) 미래에는 사람이 할 일이 없어질 것이다. (   )

(2) 환경과 관련된 직업들이 미래에 중요해질 것이다. (   )

(3) 인공 지능 전문가는 자율 주행 자동차를 만들 수 있다. (   )

(4) 미래의 직업은 과학과 기술의 영향은 크게 받지 않는다. (   )

2 이 글의 설명 방법으로 알맞은 것은 무엇인가요? (   )

글의 구조

① 정확한 숫자를 밝혀 설명하였다.

② 여러 가지 예를 들어 설명하였다.

③ 사물의 모양을 자세하게 설명하였다.

④ 장소의 변화에 따라 일어난 일을 설명하였다.

⑤ 두 가지 물건의 비슷한 점과 차이점을 설명하였다.

3 다음 대화에서 이 글의 내용을 알맞게 이해하지 못한 친구의 이름을 쓰세요.

적용 하기

> 아리: 나는 커서 로봇 개발자가 되고 싶어.
>
> 주희: 로봇이 개발되면 사람은 모두 일자리를 잃을 거야.
>
> 아리: 미래에 로봇이 사람을 대신하여 위험한 일을 하면 사람들은 안전한 일을 할 수 있어.
>
> 주희: 로봇 때문에 환경 문제가 생길 수도 있어. 그러니까 환경 공학자가 더 필요해 보여.

(   )

주제 정리 1 생각주제와 관련된 앞의 두 글을 읽고 미래에 자신이 희망하는 직업을 예3의 빈칸에 써 보세요.

직업

자신의 적성과 능력에 따라서 맡아서 하는 일.

예1 요즘 초등학생의 희망 직업	예2 미래에 생길 직업	예3
스마트폰 같은 새로운 기술의 등장으로 요즘 초등학생들은 유튜버나 웹툰 작가를 꿈꾸는 아이들이 늘어났음.	미래에는 과학과 기술의 발전으로 인공 지능 전문가, 로봇 개발자, 환경 공학자, 재활용 기술 전문가, 도시 재생 전문가 등의 새로운 직업이 생겨날 것임.	

2 다음 두 친구가 공통으로 이야기하고 있는 것에 ○표 하세요.

요즘 아파트에는 무인 택배함을 설치한 곳이 많아.

요즘 가게에는 '키오스크'라는 계산하는 기계가 많이 놓여 있어.

(1) 기술의 발달로 사람들의 일자리가 늘어나는 것을 이야기하고 있다.

(2) 기술의 발달로 사람의 일을 기계가 대신하고 있는 것을 이야기하고 있다.

3 왜 새로운 직업이 생겨나는지 까닭을 써 보세요.

새로운 직업이 생겨나는 까닭은 ✎ _____

_____

_____

| 주제 어휘 | 희망 | 직업 | 창작 | 개발자 | 재생 |

4 다음 뜻에 알맞은 **주제 어휘**에 ○표 하세요.

(1) 처음으로 만들거나 지어내는 것. 　　창작 ／ 동작

(2) 어떤 일을 이루거나 하고자 하는 마음. 　　절망 ／ 희망

(3) 자신의 적성과 능력에 따라 맡아서 하는 일. 　　직업 ／ 취미

(4) 새로운 물건을 만들거나 새로운 생각을 내놓는 사람. 　　화학자 ／ 개발자

5 다음 빈칸에 들어갈 알맞은 낱말을 **주제 어휘**에서 찾아 쓰세요.

(1) 우리 아빠의 (　　　　)은 로봇 개발자이다.

(2) 낡은 신문을 (　　　　)하여 종이를 만들었다.

(3) 나의 장래 (　　　　)은 인공 지능 전문가이다.

(4) 유튜버와 웹툰 작가는 동영상이나 웹툰을 (　　　　)하는 사람들이다.

6 다음 밑줄 친 말과 뜻이 비슷한 낱말을 **주제 어휘**에서 찾아 쓰세요.

　　과학 기술이 발전하면서 인간의 삶은 더욱 편리해졌다. 그렇지만 지구의 환경 오염 역시 갈수록 심해지고 있다. 플라스틱 쓰레기는 바다에 버려지거나 불에 태워지는 과정에서 바다나 공기를 오염시킨다. 미래에는 이런 플라스틱 쓰레기를 다시 가공하여 사용할 수 있도록 하는 일이 중요해질 것이다.

(　　　　　　　)

강낭콩을 키우자!

▲ 강낭콩의 씨앗

어휘사전

＊**배양토** 거름을 섞어 만든 흙.

＊**씨앗** 곡식이나 채소 등의 씨.

＊**발아**(發 필 발, 芽 싹 아) 싹이 나오는 것.

＊**싹** 씨나 줄기에서 처음 나오는 어린잎이나 줄기.

＊**토양**(土 흙 토, 壤 흙 양) 식물이 자랄 수 있는 흙.

＊**꼬투리** 콩, 팥 같은 식물의 씨가 들어 있는 껍질.

여울이는 하교 후 집에 가는 발걸음이 가벼웠다. 강낭콩 키우기 숙제를 빨리 하고 싶었기 때문이다. 집에 도착한 여울이는 큰 소리로 엄마에게 말했다.

"엄마! 화분 주세요. 아주 큰 강낭콩을 키울 거예요!"

"콩도 안 먹는 네가 콩을 키운다고?"

엄마는 여울이의 성화에 못 이겨 얼른 화분을 준비해 주었다. 신이 난 여울이는 학교에서 가져온 **배양토**＊와 강낭콩 ㉠**씨앗**＊을 꺼냈다. 여울이가 화분에 배양토를 붓고 씨앗을 심으려던 순간 엄마가 다급하게 외쳤다.

"잠깐만! 씨앗이 **발아**＊하려면 준비가 필요해!"

엄마는 씨앗에서 **싹**＊이 나오는 것이 발아라고 차근차근 설명해 주셨다. 또 씨앗이 발아하기 위해서는 물, **토양**＊, 온도, 햇빛 등 알맞은 조건을 갖추어야 한다고 하셨다. 사람이 건강하게 살기 위해서 물과 음식이 필요한 것처럼 식물도 건강하게 자라려면 좋은 환경이 필요하다는 것이다.

여울이는 엄마가 알려 주신 대로 먼저 배양토에 알맞은 양의 물을 부어서 흙을 촉촉하게 만들었다. 그리고 강낭콩 씨앗을 씨앗 크기의 두 배 깊이로 심었다. 마지막으로 씨앗을 흙으로 덮은 후 분무기로 물을 살짝 뿌려서 화분을 따뜻한 창가에 놓았다.

강낭콩을 심은 지 7일이 지난 아침, 빼꼼 하고 강낭콩 싹이 땅속에서 고개를 내밀고 있었다. 그리고 한 달이 지나자 강낭콩은 작은 꽃을 피웠다. 두 달이 지나자 강낭콩에는 **꼬투리**＊가 달렸다. 엄마는 그 속에 강낭콩 씨앗이 들어 있다고 하셨다. 그리고 며칠 뒤 갑자기 꼬투리가 벌어지면서 ㉡강낭콩이 여기저기 튀어나왔다.

"엄마! 강낭콩이 팝콘처럼 떨어져요! 강낭콩 씨앗아, 멀리멀리 퍼져라!"

나는 신이 나서 소리를 질렀다.

내용요약

글의 중심 내용을 생각하며 빈칸의 낱말을 써 보세요.

식물의 씨앗에서 싹이 나오는 것을 ⬚ ⬚ 라고 한다. 씨앗이 ⬚ ⬚ 하려면 알맞은 조건을 갖추어야 한다. 싹이 나오고 나면 꽃이 피고 열매가 맺혀 다시 씨앗이 생긴다.

1

추론
하기

엄마가 씨앗을 심으려던 여울이를 말린 까닭은 무엇인가요?   (   )

① 씨앗을 심기에는 배양토가 부족해서

② 씨앗을 심기에는 날씨가 너무 추워서

③ 씨앗을 심기에는 화분이 너무 작아서

④ 씨앗을 심기에는 씨앗이 너무 적어서

⑤ 씨앗을 심기에는 배양토가 말라 있어서

2

적용
하기

다음 중 ㉠과 ㉡의 관계와 같은 것은 무엇인가요?   (   )

㉠	㉡
① 사과 씨앗	감 씨앗
② 사과 씨앗	사과 꽃
③ 사과 열매	사과 씨앗
④ 사과 새싹	사과 씨앗
⑤ 사과 씨앗	사과 열매

3

비판
하기

다음 대화에서 이 글을 읽고 알게 된 내용을 바르게 말한 친구의 이름을 쓰세요.

지원   강낭콩 열매의 꼬투리가 저절로 벌어지는 게 참 신기해.

저절로 벌어진 꼬투리 속의 씨앗은 싱싱하지 못할 거야.   자영

지원   그렇지 않아. 씨앗을 널리 퍼뜨리려고 벌어진 것뿐이야.

내 생각은 달라. 안의 씨앗이 썩었기 때문에 벌어진 게 아닐까?   자영

(   )

씨앗을 퍼뜨리는 방법

식물은 자신과 똑 닮은 **후손**[*]을 세상에 남기고 싶어 한다. 그래서 정성껏 꽃을 피우고 열매를 맺으며 씨앗을 널리 **퍼뜨린다**[*]. 식물들은 스스로 움직이지 못하기 때문에 씨앗을 퍼뜨리기 위해 다양한 방법을 이용한다.

㉠우선 바람을 통해 씨앗을 퍼뜨리는 식물이 있다. ㉡바람을 통해 퍼지려면 씨앗이 아주 가벼워야 한다. ㉢단풍나무 열매는 두 개의 얇은 날개를 갖고 있는데, 그 중심에 씨앗이 있다. 열매가 익어 떨어지면 날개가 헬리콥터의 회전 날개처럼 빙글빙글 돌아 멀리까지 날아간다. ㉣민들레는 씨앗에 솜털 모양의 **갓털**[*]이 붙어 있다. 그래서 바람을 타고 멀리 날아갈 수 있다.

동물이 좋아하는 맛있는 열매를 이용해 씨앗을 퍼뜨리는 식물도 있다. 사과나 감같이 맛있는 열매에는 씨앗이 들어 있다. 동물이 그 열매를 먹으면 열매 속의 씨앗은 소화되지 않은 채 똥과 함께 나온다. 동물의 똥에는 영양분이 많아 씨앗이 싹 트는 데 큰 도움을 준다.

다음으로 동물의 몸에 달라붙어 씨앗을 퍼뜨리는 식물이 있다. 도깨비바늘은 그 씨앗이 뾰족한 **갈고리**[*] 모양이다. 도꼬마리, 도둑놈의갈고리 역시 열매에 끝이 뾰족한 갈고리 모양의 가시가 있어 동물의 몸에 붙어서 이동한다.

마지막으로 씨앗을 감싼 껍질을 이용해 씨앗을 퍼뜨리는 식물이 있다. 콩이나 팥 열매는 꼬투리라고 불리는 껍질 속에 들어 있다. 햇볕을 받으면 꼬투리가 마르기 시작한다. 그러다 꼬투리가 바짝 말라 터지면 그 안에 있던 씨앗들이 밖으로 튀어나온다. 봉숭아 역시 씨앗이 다 여물면 씨앗이 들어 있는 주머니를 터뜨려 씨앗을 퍼뜨린다.

이처럼 식물들은 여러 가지 방법을 이용해서 씨앗을 퍼뜨린다. 이렇게 퍼뜨려진 씨앗들은 햇빛이나 물, 토양, 온도 등이 적절한 곳에서 새로운 싹을 틔운다.

▶ 민들레의 씨앗

어휘사전
* **후손**(後 뒤 후, 孫 손자 손) 여러 대가 지난 뒤의 자손.
* **퍼뜨리다** 널리 퍼지게 하다.
* **갓털** 씨가 들어 있는 주머니의 맨 끝에 붙은 솜털.
* **갈고리** 끝이 꼬부라져서 무엇을 걸어 잡아당기는 데 쓰는 도구.

내용요약

글의 중심 내용을 생각하며 빈칸의 낱말을 써 보세요.

식물은 씨앗을 퍼뜨리기 위해 다양한 방법을 이용한다. ⬚ ⬚ (ㅂ ㄹ)을 타고 이동하거나 동물이 열매를 먹게 하여 이동하기도 한다. 또 동물의 몸에 붙거나 ⬚ ⬚ ⬚ (ㄲ ㅌ ㄹ)가 터지면서 이동하기도 한다.

1

중심 내용

다음 빈칸에 알맞은 말을 넣어 이 글의 중심 내용을 정리해 보세요.

식물은 [ ][ ]을 퍼뜨리기 위해 여러 가지 방법을 이용한다.

2

내용 이해

이 글의 내용에 나오지 않는 것은 무엇인가요? (   )

① 씨앗을 퍼뜨리지 않고 죽는 식물들도 있다.

② 바람을 통해 씨앗을 퍼뜨리는 식물들이 있다.

③ 식물은 자신과 닮은 후손을 남기고 싶어 한다.

④ 동물의 몸에 달라붙어 씨앗을 퍼뜨리는 식물들이 있다.

⑤ 동물이 열매를 먹게 하여 씨앗을 이동시키는 식물들이 있다.

3

글의 구조

㉠~㉢ 중, 다음 설명에 해당하는 문장의 기호를 쓰세요.

문단의 내용을 대표하는 문장으로, 중심 문장이라고 한다.

(   )

4

추론 하기

이 글을 읽고 바르게 짐작한 것 두 가지를 찾아 기호를 쓰세요.

㉮ 민들레 씨앗은 그 무게가 아주 가벼울 거야.

㉯ 배는 맛있는 열매 속에 씨앗을 숨긴 식물이야.

㉰ 동물들이 먹고 배출한 씨앗은 똥과 함께 썩어 버려.

㉱ 식물이 씨앗을 퍼뜨리는 까닭은 다른 식물이 자라지 못하게 하기 위해서야.

(   )

자란다 문해력

주제 정리

1 생각주제와 관련된 앞의 두 글을 읽고 내용을 정리해 보세요.

| 씨 ○ → | 싹 (발아) → | 꽃 → | 열매 → | 씨앗 | 발아의 조건: 물, 토양, 온도, 햇빛 등 |

| 식물이 씨앗을 퍼뜨리는 방법 | • 단풍나무와 민들레의 씨앗은 가벼워서 바람을 타고 멀리 이동함.
• 맛있는 열매를 이용해 씨앗을 퍼뜨리는 식물은 동물이 배출하는 똥을 통해 이동함.
• 도깨비바늘, 도꼬마리, 도둑놈의갈고리는 갈고리 모양의 씨앗으로 동물의 몸에 붙어서 이동함.
• 콩이나 팥은 ꠁ ꠁ ꠁ 를 터뜨려서 이동하고, 봉숭아는 씨앗 주머니가 터지면서 멀리 이동함. |

2 식물이 씨앗을 퍼뜨리는 방법으로 알맞은 것 두 가지를 골라 ○표 하세요.

(1) 꼬투리를 터뜨려서 씨앗을 퍼뜨리는 식물들이 있다.

(2) 어떤 식물들은 바람을 이용해서 씨앗을 멀리 퍼뜨린다.

(3) 어떤 식물들은 식물들의 몸에 달라붙어 씨앗을 퍼뜨린다.

(4) 어떤 식물들은 동물들이 꽃을 먹게 하여 씨앗을 이동시킨다.

3 식물이 씨앗을 퍼뜨리는 여러 가지 방법에 대한 자신의 생각을 써 보세요.

식물은 씨앗을 퍼뜨리기 위해 ✎

_____

_____

| 주제 어휘 | 씨앗 | 발아 | 토양 | 꼬투리 | 퍼뜨리다 |

4 다음 뜻에 알맞은 주제 어휘에 ○표 하세요.

(1) 싹이 나오는 것. 　　　　　　　　　　　| 발아 | 발견 |

(2) 널리 퍼지게 하다. 　　　　　　　　　　| 퍼뜨리다 | 빠뜨리다 |

(3) 곡식이나 채소 등의 씨. 　　　　　　　　| 낱알 | 씨앗 |

(4) 콩, 팥 같은 식물의 씨가 들어 있는 껍질. | 꼬투리 | 까투리 |

5 다음 빈칸에 들어갈 알맞은 낱말을 주제 어휘에서 찾아 쓰세요.

(1) 비옥한 (　　　　)에서는 식물이 잘 자란다.

(2) 병에 걸린 쥐들이 마을에 전염병을 (　　　　).

(3) 완두콩 다섯 알이 (　　　　) 속에 들어 있었다.

(4) 식물의 씨앗에서 싹이 나는 것을 (　　　　)라고 한다.

6 다음 밑줄 친 말과 뜻이 비슷한 낱말을 주제 어휘에서 찾아 쓰세요.

　　식물의 씨앗은 모양과 크기가 제각각이다. 강낭콩은 둥글고 긴 모양을 하고 있다. 봉숭아는 좁쌀처럼 작다. 색깔도 다양하다. 참외 씨앗은 흰색이고, 수박이나 감의 씨앗은 검은색이다. 그러나 어떤 씨앗이든 싹을 틔우기 위해서는 식물이 자랄 수 있는 흙이 필요하다. 거름이 많이 들어 있는 기름진 흙일수록 씨앗이 잘 싹트고 잘 자랄 수 있다.

(　　　　　　　)

그해 유월은

그해 유월은
글 신현수
스푼북

어휘사전
* **국군**(國 나라 국, 軍 군사 군) 대한민국의 군대.
* **인민군**(人 사람 인, 民 백성 민, 軍 군사 군) 북한의 군대.
* **피난민** 전쟁을 피해서 다른 데로 가는 사람.
* **북진**(北 북녘 북, 進 나아갈 진) 북쪽으로 전진하는 것.
* **등쌀** 몹시 귀찮고 괴롭게 구는 짓.
* **방공호** 비행기의 폭격을 피하기 위하여 땅속에 마련한 시설.

"한종희, 집에 가자. 전쟁이 났대! 분이야, 필남아, 너네들도 가자!"

"전쟁? 정말이야?"

우리는 너무 놀라 공깃돌과 고무줄을 챙기는 둥 마는 둥 교정을 빠져나왔다. 거리에는 **국군***을 태운 지프차가 돌아다니고 있었다. 지프차에 탄 국군이 확성기에 대고 다급히 외쳐 댔다.

"국군 장병 여러분에게 알립니다. 국군 장병에게 알립니다. 북조선 **인민군***이 오늘 새벽 삼팔선 역을 기습 공격했습니다. 외출이나 휴가 중인 육·해·공군 모든 장병들은 한 사람도 빠짐없이 즉시 부대로 복귀하십시오."

아침 밥상은 침울하기만 했다. 간밤에 삼촌이 집에 오지 않았기 때문이다. 밖에 나갔다 온 엄마는 우리 학교 앞에 **피난민***들이 진을 치고 있다는 소식까지 전했다.

"피난민까지 왔다모 참말 난리가 났는갑네. 애비야, 형석이는 우예 된 기고? 외박이라고는 안 하던 아가 안 들어왔으이."

할머니가 불안한 표정으로 물었다.

"어머니, 라디오에서 국군이 인민군을 물리치고 **북진***하고 있으니 염려 말라 합디다. 형석인 걱정 마세요. 어디 친구네 집에서 잤을 겁니다. 곧 오겠지요."

아버지 대답에도 할머니는 땅이 꺼져라 한숨을 내쉬었다.

"이게 무신 일이가? 왜놈들 **등쌀***에 시달리며 산 것두 징글징글헌디 ㉠<u>한 핏줄끼리 와 전쟁을 일으키노!</u> 갑갑해서 필남이 할매한테 댕겨올란다. 필남이 아부지가 높은 사람이니, 우리 보담야 아는 거이 많겠제."

"위험한데 어딜 가신다고 그러세요. 이럴 때는 집에 가만히 있는 게 상수예요."

한밤중이 되자 고막을 찢을 듯 엄청난 굉음이 울리면서 집 가까이서 커다란 불기둥이 솟구쳤다. 집채가 부서지는 듯 요란한 소리도 들려왔다. 우리 식구는 급히 **방공호***로 몸을 숨겼다.

1
중심
내용

이 글에서 가장 중요한 낱말은 무엇인지 찾아 ◯표 하세요.

> 국군   피난민   전쟁   삼촌

2
내용
이해

이 글에 나타난 상황과 일치하는 것은 무엇인가요? (   )

① 전쟁이 일어나도 주변은 조용했다.

② 전쟁이 일어나도 외출이 자유로웠다.

③ 전쟁이 일어나서 방공호로 몸을 숨겼다.

④ 전쟁이 일어나도 우리 가족은 평온했다.

⑤ 전쟁이 일어나도 국군은 휴가를 갈 수 있었다.

3
추론
하기

㉠에 나타난 할머니의 마음으로 알맞은 것은 무엇인가요? (   )

① 부러움.   ② 귀찮음.   ③ 미안함.

④ 화가 남.   ⑤ 무덤덤함.

4
감상
하기

이 글을 읽고 떠올린 장면으로 알맞은 것에 ◯표 하세요.

(1) 아이들이 공기놀이를 하는 모습	(2) 사람들이 서둘러 짐을 싸서 고향을 떠나는 모습	(3) 사람들이 일본 경찰의 눈치를 보며 피해 다니는 모습
( )	( )	( )

남과 북의 분단

1950년 6월 25일은 우리 역사에서 가슴 아픈 사건이 일어난 날이다. 6·25 전쟁이 바로 그것이다. 6·25전쟁은 우리나라가 일본으로부터 나라를 되찾은 이후, 대한민국의 **정부***를 세우는 과정에서 일어난 전쟁이다. 1953년 7월 27일 **휴전 협정***을 맺을 때까지 계속되었다. 이 전쟁은 한 민족이 둘로 나뉘어 서로에게 총을 겨누었다는 점에서 큰 상처를 남겼다.

휴전 협정 이후에 남한과 북한 사이에는 **휴전선***이 놓이게 되었다. 남과 북은 서로 다른 나라의 모습을 꿈꾸었다. 그래서 남한은 대한민국이라는 **민주주의*** 국가가 되었고, 북한은 조선 민주주의 인민 공화국이라는 **사회주의*** 국가가 되었다. 둘은 끝내 하나의 나라가 되지 못하고 **분단***이 되었다. 지금도 남한과 북한은 서로 오갈 수 없다.

남북이 분단되면서 여러 가지 문제가 발생하였다. 먼저 남과 북의 국민은 전쟁에 대한 두려움을 갖게 되었다. 또 나라가 반으로 나뉘면서 전쟁을 피해 뿔뿔이 흩어졌던 가족들이 더 이상 만날 수 없게 되었다. 이를 '이산가족'이라고 한다. 남과 북에는 수많은 이산가족이 살고 있다. 그리고 남과 북이 교류하지 못해 문화가 달라졌고, 경제 발전에서도 큰 차이가 나타났다.

그렇다면 남북 분단을 어떻게 해결해야 할까? ㉠남한과 북한은 같은 역사와 전통문화를 지닌 하나의 민족이기에 남북통일은 꼭 필요하다. 통일을 하면 남한과 북한이 혹시 있을지 모를 전쟁에 대비하는 데 쓰는 비용을 줄일 수 있다. 또 북한에 있는 풍부한 자원과 남한의 기술력을 사용하여 좋은 제품을 만들어 낼 수 있다. 그리고 대륙과 맞닿아 있는 북한을 통해 오가며 다른 국가와의 교류도 활발해 질 수 있다.

어휘사전

* **정부**(政 정사 정, 府 마을 부) 나라를 다스리는 가장 높은 조직.

* **휴전 협정** 서로 전쟁을 얼마 동안 멈추기로 한 정식 약속.

* **휴전선** 싸우던 두 나라 사이의 군사 경계선.

* **민주주의** 주권이 국민에게 있고 국민을 위한 정치를 펼치려는 사상.

* **사회주의** 경제적으로 평등한 사회를 실현하려는 사상.

* **분단**(分 나눌 분, 斷 끊을 단) 한 나라나 민족이 둘 이상으로 나뉘어 갈라지는 것.

내용요약

글의 중심 내용을 생각하며 빈칸의 낱말을 써 보세요.

6·25전쟁 이후에 남한과 북한은 휴전선을 중심으로 나뉘어 ㅂㄷ 되었다. 남한과 북한은 본래 같은 역사와 전통문화를 지닌 민족이기에 ㅌㅇ 은 꼭 필요하다.

1 이 글은 어떤 질문에 대한 대답이라고 할 수 있나요? (   )

중심
내용

① 남북의 국가는 어떻게 달랐을까요?

② 남북 휴전 협정의 내용은 무엇인가요?

③ 남북에는 어떤 자원이 숨겨져 있을까요?

④ 남북 분단의 원인과 해결 방안은 무엇인가요?

⑤ 남북 역사와 전통문화의 공통점은 무엇인가요?

2 이 글의 특징으로 알맞은 것은 무엇인가요? (   )

글의
구조

① 묻고 답하는 형식으로 설명하였다.

② 반대되는 여러 상황을 예를 들어 설명하였다.

③ 어떤 대상의 공통점과 차이점을 중심으로 설명하였다.

④ 과학적 사실에 관한 여러 입장을 제시하여 설명하였다.

⑤ 문제 상황을 설명하고 그 문제에 관한 해결 방안을 제시하였다.

3 다음 중 ㉠의 주장을 뒷받침할 수 있는 것을 골라 기호를 쓰세요.

추론
하기

㉮ 북한은 남한보다 자원이 풍부하다.

㉯ 남한과 북한은 같은 언어를 사용한다.

㉰ 남한과 북한은 같은 국기를 사용한다.

(   )

주제 정리

1 생각주제와 관련된 앞의 두 글을 읽고 내용을 정리해 보세요.

그해 유월은
나는 새벽에 인민군이 삼팔선을 넘어 ㄴㅎ 을 공격했다는 소식을 듣고 집에 돌아감.
↓
간밤에 외출한 삼촌은 집에 돌아오지 않고, 한밤중에 우리 가족은 방공호로 대피함.

남과 북의 ㅂㄷ	
원인	대한민국 정부를 세우는 과정에서 6·25전쟁이 일어남. 남과 북은 휴전 협정을 맺고 휴전선을 놓고 분단됨.
해결 방안	남한과 북한은 하나의 민족이기에 남북통일은 꼭 이루어져야 함.

2 다음 두 친구가 공통으로 이야기하는 것으로 알맞은 것에 ○표 하세요.

 6·25전쟁으로 휴전선이 생기면서 일어난 일이야.

 남한은 대한민국, 북한은 조선 민주주의 인민 공화국이라는 국가를 각각 세우게 되었어.

(1) 남북통일에 대한 이야기이다.

(2) 남북 분단에 대한 이야기이다.

3 남북통일에 대한 자신의 생각을 써 보세요.

남북통일은 ✎ _____

_____

_____

| 주제 어휘 | 국군 | 피난민 | 정부 | 휴전선 | 분단 |

4 다음 주제 어휘의 뜻으로 알맞은 것을 찾아 선으로 이으세요.

(1) 국군 •

(2) 피난민 •

(3) 휴전선 •

(4) 분단 •

• ㉠ 대한민국의 군대.

• ㉡ 전쟁을 피해서 다른 데로 가는 사람.

• ㉢ 싸우던 두 나라 사이의 군사 경계선.

• ㉣ 한 나라나 민족이 둘 이상으로 나뉘어 갈라지는 것.

5 다음 빈칸에 공통으로 들어갈 낱말을 주제 어휘에서 찾아 쓰세요.

(1)
• 오늘도 국군 아저씨들이 ⬚ 을 지키고 있다.
• 6·25전쟁이 휴전되자 삼팔선이 ⬚ 이 되었다.

→ | | | |

(2)
• 한 나라를 다스리는 가장 높은 조직을 ⬚ 라고 한다.
• 1919년 4월에 독립 운동가들은 중국 상하이에 대한민국 임시 ⬚ 를 세웠다.

→ | | |

6 다음 문장에서 밑줄 친 말과 바꾸어 쓸 수 있는 낱말에 ○표 하세요.

(1) 우리나라는 남과 북으로 나뉘었다. → 분해되었다 분단되었다

(2) 전쟁으로 인해 고향을 떠난 사람들이 많다. → 피난민 지구인

생각하는 올림픽 교과서

생각하는 올림픽 교과서
글 스포츠문화연구소
천개의바람

고대 그리스에서는 죽은 이를 **기려*** 장례식 때 각종 **스포츠*** 경기를 치르는 일이 많았어요. 호메로스의 서사시처럼 고대 그리스의 시인들이 남긴 시나 고대 그리스의 화병, 조각품들을 통해 이때의 스포츠는 죽은 사람이나 신을 기리기 위한 **제례*** 행사였다는 것을 알 수 있어요. 고대 **올림픽***도 그런 행사 중 하나였지요.

공식적으로는 고대 올림픽이 기원전 776년에 시작되었다지만 제례 행사의 성격을 가진 올림픽은 훨씬 오래전부터 열렸다고 전해져요. 아킬레우스가 친구의 죽음을 기리기 위해 장례 경기를 열었던 것처럼 올림피아 지방의 영웅이나 신을 기리기 위한 제례 경기가 이전에도 열렸을 것이라고 많은 학자들이 추측하고 있어요.

고대 올림픽도 지금처럼 4년에 한 번 열렸습니다. 이에 대해서는 고대 그리스인들이 4년을 한 주기로 생각했기 때문이라고 추측하지요. 고대 올림픽이 열렸을 초기에는 경기장 이쪽 끝에서 저쪽 끝까지 달리는 달리기 경기만 있었어요. 선수들은 경기장의 모랫바닥에 출발선을 그어 놓고 경주를 했지요. 이 경기를 보기 위해 그리스를 비롯하여 주변 도시 국가에서 수많은 사람들이 모였습니다. 이 달리기 경기를 바로 '스타디움(stadium)'이라고 불렀어요.

고대 올림픽의 경기는 달리기뿐이었지만 기원전 708년부터는 ㉠레슬링, 멀리뛰기, 창던지기, 원반던지기, 전차 및 **마상*** 경기 등 다양한 종목이 더해지고 이를 치르기 위한 제례 기간도 늘어났어요. 경기를 치르기 위한 경기장도 만들어졌지요.

이때부터 현재의 올림픽과 같은 모습이 갖춰지기 시작했어요. 당시 경기에서 이긴 우승자들은 ㉡올리브 잎과 가지로 만든 관과 상금을 받았어요. 그리고 무엇보다 사람들의 존경을 받는 명예를 얻었고, 영웅으로 대접받기까지 했어요.

어휘사전

* **기리다** 칭찬하고 기억하다.

* **스포츠**(sports) 체력 단련이나 경기를 위하여 하는 신체 운동.

* **제례**(祭 제사 제, 禮 예도 례) 제사를 지내는 의식.

* **올림픽**(Olympics) 세계 여러 나라들이 친선을 맺기 위해 4년마다 여는 국제 운동 경기 대회.

* **마상**(馬 말 마, 上 위 상) 말의 등 위.

내용요약

글의 중심 내용을 생각하며 빈칸의 낱말을 써 보세요.

고대 ⃞ㅇ ⃞ㄹ ⃞ㅍ 은 고대 그리스의 영웅이나 신을 기리는 제례 행사에서 시작되어 오늘날과 같이 4년마다 한 번씩 열렸다.

1

내용
이해

고대 올림픽에 대한 설명으로 알맞지 <u>않은</u> 것은 무엇인가요? ( )

① 고대 올림픽은 4년마다 한 번씩 열렸다.

② 고대 올림픽의 경기 종목은 원래 달리기뿐이었다.

③ 올림픽은 고대 그리스의 제례 행사에서 시작되었다.

④ 초기 올림픽 우승자들은 금으로 만든 메달을 받았다.

⑤ 기원전 708년부터 지금과 같은 올림픽의 모습이 갖춰지기 시작했다.

2

추론
하기

다음 **보기**에서 설명하고 있는 운동 경기가 무엇인지 밑줄 친 ㉠에서 찾아 쓰세요.

┤ **보기** ├

　이것은 금속으로 테두리를 두른 둥근 나무판 안쪽에 동그란 동판을 붙여서 만든 기구를 멀리 던지는 경기이다. 선수는 기구를 한 손에 들고 돌게 된다. 그러면 원심력이 생겨서 바깥으로 나가려는 힘이 생기게 된다. 이때 손에서 놓으면 멀리까지 날아간다. 날아간 거리를 측정하여 가장 멀리까지 날아간 사람을 우승자로 뽑게 된다.

( )

3

적용
하기

㉡의 모습으로 알맞은 것을 골라 ○표 하세요.

(1)

( )

(2)

( )

(3)

( )

올림픽의 역사

4년에 한 번, 각 나라를 대표하는 운동선수들이 한곳에 모여서 서로의 **기량***을 뽐내는 것은? 바로 올림픽이다. 올림픽은 역사가 아주 오래된 국제 운동 경기 대회이다. 올림픽은 고대 그리스에서 처음 시작되었다가 사라졌다. 그러다 1896년에 그리스 아테네에서 다시 열리게 되었다. 아테네에서 열린 제1회 올림픽에는 십여 개의 나라에서 온 많지 않은 수의 선수가 참가했다고 한다.

올림픽은 4년마다 세계 여러 도시를 돌아가며 **개최***된다. 1924년에는 프랑스에서 최초로 겨울에 올림픽이 열리기도 했다. 이때부터 여름에 열리는 것을 **하계*** 올림픽, 겨울에 열리는 것을 **동계*** 올림픽이라 부르게 되었다. 동계 올림픽은 스키, 쇼트 트랙 등 겨울에 즐길 수 있는 운동 종목으로 구성된다.

올림픽을 가장 여러 번 치른 도시는 영국 런던으로, 1908년 제4회, 1948년 제14회 그리고 2012년 제30회 올림픽을 열었다. 또 그리스 아테네, 프랑스 파리, 일본 도쿄는 올림픽을 두 번씩 치렀다. 흥미롭게 **관중***이 없이 개최된 올림픽도 있었다. 도쿄에서 열린 제32회 올림픽은 원래 2020년에 열려야 했는데 코로나로 인해 1년을 미루고 나서 2021년에 관중 없이 개최되었다.

우리나라는 1988년에 제24회 올림픽을 서울에서 개최하였다. 당시에 우리나라가 올림픽을 여는 것을 걱정하는 시선도 많았다. 남과 북이 분단되어 있고, 경제적으로 발전하지 못했기 때문이다. 그러나 서울 올림픽을 성공적으로 치르면서 세계에 한국의 이름을 알릴 수 있었다. 또한 2018년에는 평창에서 동계 올림픽도 성공적으로 개최하였다.

어휘사전
* **기량** 기술적인 재주나 솜씨.
* **개최** 행사나 경기를 여는 것.
* **하계**(夏 여름 하, 季 계절 계) 여름철.
* **동계**(冬 겨울 동, 季 계절 계) 겨울철.
* **관중** 운동 경기나 공연을 구경하기 위하여 모인 사람들.

내용요약
글의 중심 내용을 생각하며 빈칸의 낱말을 써 보세요.

올림픽은 1896년 ㄱ ㄹ ㅅ 아테네에서 다시 열리게 되었다. 우리나라는 1988년에 제24회 서울 올림픽과 2018년에 평창 동계 올림픽을 개최했다.

1

중심
내용

이 글을 쓴 까닭은 무엇인가요? (   )

① 아테네 올림픽을 소개하려고
② 올림픽의 역사를 소개하려고
③ 올림픽을 많이 치른 나라를 칭찬하려고
④ 평창 동계 올림픽의 성공을 자랑하려고
⑤ 하계 올림픽과 동계 올림픽을 비교하려고

2

비판
하기

이 글을 읽고 나서 느낀 점을 알맞게 말한 두 가지를 찾아 기호를 쓰세요.

⊙ 고대 올림픽이 있었던 나라에서 제1회 올림픽을 했다니 정말 멋있어.
⊙ 우리나라가 하계 올림픽과 동계 올림픽을 모두 개최했다니 자랑스러워.
⊙ 코로나 때문에 올림픽이 없어졌다니 너무 아쉬워. 이젠 올림픽을 볼 수 없는
  거구나.

(   )

3

적용
하기

다음 **보기**는 제1회 올림픽이 열릴 때 나온 말입니다. 이 말을 바르게 이해한 것의
번호를 쓰세요.

┤ 보기 ├

"올림픽 대회의 의의는 승리하는 데 있는 것이 아니라 참가하는 데 있다. 인간
에게 중요한 것은 성공보다 노력하는 것이다."

| (1) 경기에 진 선수들을 위로하기 위한 빈말이야. | (2) 올림픽 대회에서는 우승하려고 애쓸 필요가 없겠어. | (3) 결과보다는 과정이 중요하다는 뜻으로 한 말이야. |

(   )

1 생각주제와 관련된 앞의 두 글을 읽고 내용을 정리해 보세요.

올림픽

4년에 한 번, 각 나라를 대표하는 운동선수들이 한곳에 모여서 서로의 기량을 뽐내는 것

올림픽의 기원

고대 그리스에서 영웅이나 신을 기리던 ㅈㄹ 행사에서 시작됨.

올림픽의 역사

1896년 그리스 아테네에서 제1회 올림픽이 열렸으며, 오늘날까지 개최되고 있음. 한국에서는 1988년 ㅅㅇ 올림픽과 2018년 ㅍㅊ 동계 올림픽이 열렸음.

2 오늘날의 올림픽에 대한 설명으로 알맞은 것 두 가지를 골라 ○표 하세요.

(1) 5년마다 한 번씩 열린다.

(2) 경기 종목은 달리기뿐이다.

(3) 여러 나라의 선수들이 모여 기량을 뽐낸다.

(4) 세계 여러 나라의 도시들이 돌아가며 개최한다.

3 올림픽 경기를 본 경험을 떠올려 보고 그때 들었던 생각이나 느낌을 함께 써 보세요.

나는 올림픽 경기를 ✎

| 주제어휘 | 스포츠 | 올림픽 | 기량 | 개최 | 관중 |

4 다음 주제 어휘의 뜻으로 알맞은 것을 찾아 선으로 이으세요.

(1) 스포츠 •

(2) 개최 •

(3) 올림픽 •

(4) 기량 •

• ㉠ 기술적인 재주나 솜씨.

• ㉡ 행사나 경기를 여는 것.

• ㉢ 체력 단련이나 경기를 위하여 하는 신체 운동.

• ㉣ 세계 여러 나라들이 친선을 맺기 위해 4년마다 여는 국제 운동 경기 대회.

5 다음 빈칸에 공통으로 들어갈 낱말을 주제 어휘에서 찾아 쓰세요.

(1)
• 결승전을 보기 위해 많은 ⬚⬚⬚ 이 모였다.
• 객석의 ⬚⬚⬚ 들은 선수에게 환호를 보냈다.

→ ⬚⬚

(2)
• 금메달을 딴 선수는 힘과 ⬚⬚⬚ 을 모두 지니고 있다.
• 교내 노래자랑에서 나는 그동안 갈고닦은 ⬚⬚⬚ 을 맘껏 선보였다.

→ ⬚⬚

6 다음 밑줄 친 말과 뜻이 비슷한 낱말을 주제 어휘에서 찾아 쓰세요.

프랑스 파리가 제33회 하계 올림픽을 주최한다. 이 올림픽은 프랑스에서 열리는 세 번째 올림픽이다. 1924년에는 파리에서 올림픽이 열렸고, 1992년에는 알베르빌에서 동계 올림픽이 열렸다. 그리고 2024년에 정확히 100년 만에 파리에서 다시 하계 올림픽이 열린다.

( )

3장

2개의 글을 연결해 재미있게 읽어요~

국립한글 박물관을 다녀와서

한글날 아침, 우리 가족은 용산에 있는 국립한글박물관으로 향했다. 아침부터 내린 비로 박물관 주변 곳곳에 물웅덩이가 고여 있었다. 걸을 때마다 ⊙<u>찰박찰박</u> 물소리가 음악처럼 경쾌하게 들렸다.

아침부터 박물관 안에는 꽤 많은 사람이 모여 있었다. 외국 사람들도 박물관을 둘러보고 있었다. 나는 갑자기 궁금해졌다.

"엄마, 왜 한글날을 만들어서 **기념***하는 거예요?"

"그건 한글이 정말 특별하게 만들어진 뛰어난 **문자***이기 때문이지. 그 비밀이 궁금하지 않니?"

엄마는 이제부터 한글의 비밀이 밝혀질 거라고 말씀하셨다. 나는 주의를 기울이며 관람을 시작했다.

한글의 옛 이름은 '**훈민정음***'이다. 훈민정음은 세종 대왕이 1443년에 만든 글자이다. 세종 대왕은 1446년에 『훈민정음』이라는 책을 통해 새로 만든 글자를 세상에 널리 알렸다. 당시에는 중국에서 들여온 한자를 사용하고 있어서 일반 백성은 읽고 쓰기가 힘들었다. 세종 대왕은 백성들도 글을 읽고 쓸 줄 아는 세상을 꿈꾸었다. 그래서 세종 대왕은 오직 백성들을 위해서 여러 학자와 함께 수년간 연구하여 한글을 만들어 냈다.

전 세계에는 한글보다 역사가 오래된 문자들도 많이 있다. 그러나 한글처럼 문자가 언제 만들어졌는지 정확히 알 수 있고, 만든 이유와 **원리*** 그리고 사용하는 방법까지 자세하게 풀이된 문자는 없다고 한다.

이번 관람을 통해 세종 대왕과 한글에 숨겨진 모든 이야기를 알 수 있었다. 관람을 끝내고 짜장면을 먹는데 문득 이런 생각이 들었다.

'만약 한글이 없었다면 ⓒ<u>후루룩</u> 같은 말을 글자로 표현할 수 없었겠지? 앞으로 한글을 더 소중히 여겨야겠다.'

어휘사전

* **기념** 중요하거나 특별한 일을 기억에 간직하여 잊히지 않게 하는 것.
* **문자**(文 글월 문, 字 글자 자) 말의 소리나 뜻을 눈으로 볼 수 있도록 나타낸 기호.
* **훈민정음** 세종이 집현전 학자들과 함께 처음 만든 한글 글자.
* **원리** 기본이 되는 이치나 법칙.

1
중심
내용

이 글에서 일어난 중요한 일이 무엇인지 빈칸에 들어갈 알맞은 말을 쓰세요.

'나'는 가족들과 국립한글박물관에 가서 ⬜⬜ 의 탄생 이야기와 우수성을 알게 되어 자부심을 느꼈다.

2
내용
이해

'내'가 국립한글박물관을 관람한 후 알게 된 내용으로 알맞지 <u>않은</u> 것은 무엇인가요? (　　　)

① 한글을 만든 사람
② 한글을 만든 이유
③ 한글이 탄생한 시기
④ 한글로 쓴 최초의 소설
⑤ 한글날이 만들어진 이유

3
어휘
이해

다음 낱말들 중 ㉠, ㉡처럼 소리나 모양을 흉내 낸 말이 <u>아닌</u> 것을 고르세요.
(　　　)

① 소곤소곤　　　② 도란도란　　　③ 이판사판
④ 왁자지껄　　　⑤ 토닥토닥

4
추론
하기

이 글을 읽고 떠올린 장면으로 알맞은 것에 ○표 하세요.

(1) 백성들이 한자로 쓴 글을 쉽게 읽고, 한자로 글을 쓰고 있다.

(2) 세종 대왕이 오랜 연구에도 불구하고 문자를 만드는 데 실패한다.

(3) 세종 대왕이 한글을 만들기 위해 밤낮없이 책을 들여다보며 연구한다.

(　　　)　　　(　　　)　　　(　　　)

한글 창제의 원리

조선 시대에는 우리말을 받아 적을 문자가 없었다. 그래서 중국의 한자를 써서 우리말을 받아 적었다. 그런데 한자는 **뜻글자**[*]라 수많은 글자를 외워야 했다. 또 우리 말소리와 달라서 사용하기 까다로웠다. 그래서 백성들은 평생 글을 쓰지 못하거나 읽지 못하는 일이 많았다. 결국 세종 대왕은 백성을 위해 소리 나는 그대로 쓸 수 있는 우리 글자, 한글을 만들었다.

한글은 **자음**[*]과 **모음**[*]으로 구성된다. 그중 자음의 기본 글자인 'ㄱ, ㄴ, ㅁ, ㅅ, ㅇ'은 사람의 **발음 기관**[*]을 본떠서 만들었다. 발음할 때 혀가 움직이는 모양을 본떠 'ㄱ'과 'ㄴ'을 만들고, 입술의 모양을 본떠 'ㅁ'을 만들었다. 또 이의 모양을 본떠 'ㅅ'을 만들고, 목구멍의 모양을 본떠 'ㅇ'을 만들었다. 이 다섯 글자가 자음의 기본 글자이다.

그리고 모음은 하늘, 땅, 사람의 모양을 본떠서 만들었다. 하늘의 둥근 모양을 본떠 'ㆍ'를, 땅의 평평한 모양을 본떠 'ㅡ'를 만들었다. 그리고 사람이 서 있는 모양을 본떠서 'ㅣ'를 만들었다. 이것이 모음의 기본 글자이다. 모음은 모두 11개였으나, 'ㆍ'가 사라져서 지금은 10개만 쓰이고 있다.

한글은 글자마다 소리가 들어 있는 **소리글자**[*]이다. 그래서 자음과 모음을 조합해서 거의 모든 소리를 적을 수 있다. 또 누구나 배우기 쉽도록 체계적으로 만들어졌다. 집현전 학자 정인지는 한글을 '슬기로운 사람은 하루아침에 **깨치고**[*], 어리석은 사람이라도 열흘이면 배울 수 있다.'라고 하였다. 이런 한글 덕분에 우리의 문화는 발전할 수 있었다.

어휘사전

* **뜻글자** 한자처럼 글자 하나하나가 일정한 뜻을 나타내는 글자.

* **자음** 말할 때 날숨이 혀, 이, 입술에 막히거나 닿아서 나는 소리.

* **모음** 목청을 울리면서 나온 소리가 입에서 막힘이 없이 나는 소리.

* **발음 기관** 사람이 말소리를 내는데 필요한 목청, 혀, 이, 입술, 코, 입천장 같은 기관.

* **소리글자** 글자 하나하나가 뜻이 없이 소리만 나타내는 글자.

* **깨치다** 알게 되다.

내용요약

글의 중심 내용을 생각하며 빈칸의 낱말을 써 보세요.

한글의 [ㅈ][ㅇ]은 사람의 발음 기관을 본떠서 만들었고, 한글의 [ㅁ][ㅇ]은 하늘, 땅, 사람의 모양을 본떠서 만들었다. 한글은 소리글자여서 거의 모든 소리를 적을 수 있다.

1 이 글을 쓴 목적은 무엇인가요? (   )

① 한글과 한자를 비교하려고
② 세종 대왕의 삶을 알리려고
③ 한문의 훌륭한 점을 자랑하려고
④ 한글의 변화 과정을 설명하려고
⑤ 한글이 만들어진 원리를 알려 주려고

2 다음 내용과 관련 있는 자음이나 모음을 선으로 이으세요.

(1) 이의 모양을 본떠서 만든 글자   •   • ① ㅡ

(2) 목구멍 모양을 본떠서 만든 글자   •   • ② ㅅ

(3) 땅의 평평한 모양을 본떠서 만든 글자 •   • ③ ㅇ

3 한글을 만들 때 세종 대왕과 집현전 학자들이 나누었을 대화로 알맞지 <u>않은</u> 것을 골라 기호를 쓰세요.

세종 대왕	㉠ 한자를 모르는 백성들을 위해 우리말과 잘 맞는 글자를 만들어야겠다.
학자 1	㉡ 한자는 소리글자라서 배우기 어려우니, 우리 글자는 뜻글자로 만드는 것이 좋겠습니다.
세종 대왕	㉢ 자음은 사람의 발음 기관을 본떠서 만드는 게 좋겠다.
학자 2	㉣ 목이나 혀, 입을 거치는 소리를 표현하면 우리말과 딱 맞아떨어질 듯합니다.

(   )

 1 생각주제와 관련된 앞의 두 글을 읽고 내용을 정리해 보세요.

한글의 역사	• 세종 대왕이 1443년에 만든 글자임. • 세종 대왕은 1446년에 『ㅎㅁㅈㅇ』이라는 책을 통해 새로 만든 글자를 세상에 널리 알림.
한글의 특징	• 한글은 글자가 소리를 나타내는 ㅅㄹㄱㅈ임. • 한글 자음의 기본 글자는 발음 기관의 모양을 본떠서 만든 글자임. • 한글의 모음은 하늘, 땅, 사람의 모양을 본떠서 만든 글자임. • 자음과 모음을 조합해서 거의 모든 소리를 적을 수 있음.

2 한글의 특징에 대한 설명으로 알맞은 것 두 가지를 골라 ○표 하세요.

(1) 만들어진 정확한 시기를 알 수 없다.

(2) 글자 하나하나에 의미가 담긴 뜻 글자이다.

(3) 글자의 조합에 따라서 거의 모든 소리를 적을 수 있다.

(4) 소리를 바탕으로 체계적으로 만들어져 배우기 쉽다.

3 한글을 만드신 세종 대왕님께 편지를 써 보세요.

세종 대왕님

| 주제
어휘 | 문자 | 훈민정음 | 자음 | 모음 | 소리글자 |

4 다음 뜻에 알맞은 주제 어휘에 ◯표 하세요.

(1) 글자 하나하나가 뜻이 없이 소리만 나타내는 글자. | 뜻글자 | 소리글자 |

(2) 말의 소리나 뜻을 눈으로 볼 수 있도록 나타낸 기호. | 문자 | 문제 |

(3) 말할 때 날숨이 혀, 이, 입술에 막히거나 닿아서 나는 소리.

| 자음 | 모음 |

(4) 목청을 울리면서 나온 소리가 입에서 막힘이 없이 나는 소리.

| 모음 | 자음 |

5 다음 빈칸에 공통으로 들어갈 낱말을 주제 어휘에서 찾아 쓰세요.

(1)
- ☐☐☐☐이란 백성을 가르치는 바른 소리라는 뜻으로, 1443년에 만들어진 글자이다.
- 세종 대왕은 집현전 학자들과 우리만의 글자를 만들고 그 이름을 ☐☐☐☐이라고 하였다.

→ ☐☐☐☐

(2)
- 한글에서 'ㄱ, ㄴ, ㄷ, ㄹ, ㅁ, ㅂ' 등을 ☐☐이라고 한다.
- 한글에서 ☐☐의 기본 글자인 'ㄱ, ㄴ, ㅁ, ㅅ, ㅇ'은 발음 기관의 모양을 본떠서 만들었다.

→ ☐☐

6 다음 문장에서 밑줄 친 말과 바꾸어 쓸 수 있는 낱말에 ◯표 하세요.

(1) 중국은 한자라는 <u>글자</u>를 사용한다.   → | 자음 | 문자 |

(2) 한글은 말소리를 그대로 기호로 나타낸 문자인 <u>표음문자</u>이다.

→ | 머리글자 | 소리글자 |

구멍 뚫린 항아리

세상을 바꾼 착한 부자들
글 유시나 외 3명
상상의 집

조선 영조 때 류이주라는 양반이 살았다고 한다. 류이주는 전라남도 일대에서 내로라하는 **부자***였다고 한다. 그의 집은 방이 아흔아홉 칸이나 되는 기와였다고 하니, 왕이 부럽지 않을 정도로 대단한 권력과 **재산***을 지닌 사람이었음이 틀림없을 것이다.

그 넓은 집에는 쌀이 두 **가마*** 정도 들어갈 수 있는 커다란 **뒤주***가 있었다. 하루는 류이주가 머슴에게 일러 나무 깎는 칼을 들고 오라고 일렀다. 류이주는 그 칼로 뒤주에다 '타인능해(他人能解)'라고 썼다.

"대감마님, 대체 저 글자가 무엇을 뜻하는 것입니까?"

류이주의 행동을 보고 의아해진 하인이 물었다.

"허허. 배가 고픈 사람은 누구든 이 뒤주에서 쌀을 꺼내 가라고 쓴 것이란다. 말이 나온 김에 뒤주 뒤쪽에다 출입문 하나를 더 만들어라."

"갑자기 문은 왜 만들라는 것입니까? 출입문은 저기 저쪽에 있잖습니까."

"우리 집에서 쌀을 가져가는 사람이 집안 식구들과 마주치면 미안하고, 부끄러워지지 않겠느냐. 그러니 우리 눈치를 보지 않게 뒷문을 하나 더 만들라는 게야."

류이주의 명령대로 그의 집에는 뒷문이 하나 더 만들어졌다고 한다.

그 후 동네 사람들은 배가 고플 때마다 류이주의 집으로 찾아가 타인능해에서 쌀을 꺼내 갔다. 이때 사람들은 오로지 자기가 먹을 만큼만 쌀을 가져갔다고 한다. 다른 사람들이 가져갈 것을 남겨 두기 위한 행동이었다.

타인능해 덕분에 배고픔을 **면하게*** 된 사람들은 열심히 일을 해서 빌려 간 쌀을 도로 채워 넣었다. 덕분에 타인능해는 누구 하나 지키는 사람이 없어도 쌀을 몽땅 도둑맞는 일이 없었고, 쌀이 바닥을 보이는 일도 없었다고 한다.

어휘사전

* **부자**(富 부유할 부, 者 사람 자) 재물이 많아 살림이 넉넉한 사람.

* **재산** 개인이나 단체가 가지고 있는, 경제적 가치가 있는 모든 것.

* **가마** 곡식이나 소금을 담기 위하여 짚으로 만든 용기.

* **뒤주** 옛날에 쌀 등을 담아 두던 큰 나무 상자.

* **면하다** 어려운 처지나 형편에서 벗어나다.

내용요약

글의 중심 내용을 생각하며 빈칸의 낱말을 써 보세요.

조선 영조 때의 큰 [ㅂ][ㅈ] 류이주는 자신의 집 뒤주에 쌀을 가득 채워 놓고, 배고픈 사람 누구나 쌀을 가져갈 수 있도록 하였다.

1 류이주가 뒤주에 '타인능해'라는 글자를 새긴 까닭은 무엇인가요? (   )

내용
이해

① 누구든 평등하게 살라고

② 누구든 집에 오지 못하게 하려고

③ 누구든 집에 오는 것을 감시하려고

④ 누구든 뒤주에서 쌀을 꺼내 가라고

⑤ 누구든 뒤주에 손을 못 대게 하려고

2 류이주와 **보기**의 밑줄 친 인물의 공통점으로 알맞은 것을 골라 기호를 쓰세요.

적용
하기

┤ **보기** ├

　조선 영조 때 살았던 <u>김만덕</u>은 제주도에서 나는 생선과 전복을 육지에 팔고, 육지에서 나온 곡식을 제주도에 팔아서 큰 부자가 되었다. 그러던 1795년, 엄청난 태풍이 제주도를 휩쓸었다. 논밭이 망가지고 사람들은 굶주렸다. 김만덕은 자신의 전 재산으로 육지에서 쌀을 사서 제주도 사람들에게 나누어 주었다.

㉠ 두 인물은 재산을 모으려고 남의 것을 빼앗았다.

㉡ 두 인물은 재산을 다른 사람을 돕기 위하여 썼다.

(   )

3 이 글을 읽고 류이주에 대한 생각을 알맞게 말한 친구의 이름을 쓰세요.

감상
하기

재산이 그렇게 많은데도 쌀을 나눠 주지 않는 건 좀 너무해.

연아

힘들게 모은 재산을 모두 자식에게 물려주다니, 참 현명해.

준석

류이주처럼 부자일수록 어려운 사람을 위해 베풀어야 더 살기 좋은 세상이 될 수 있어.

리나

(   )

더불어 사는 삶

조선 시대의 류이주, 김만덕, 최 부자는 어려운 이웃을 돕기 위해 자신의 것을 기꺼이 나눈 부자들이었다. 류이주는 배고픈 사람들이 가져갈 수 있게 쌀을 채운 뒤주를 놓아두었고, 김만덕은 전 재산으로 쌀을 사서 흉년으로 굶는 사람들에게 주었다. 최 부자도 흉년이 들면 이웃에게 쌀을 나누어 주었다.

나눔＊은 우리 삶에 꼭 필요한 행동이다. 우리는 혼자서는 살 수 없다. 더불어 같이 살아갈 때 우리 사회는 안전하게 유지될 수 있다. 그래서 가진 사람이 덜 가진 사람을 돕는 **기부**＊ 문화가 예로부터 이어져 내려오고 있다. 부자는 남들보다 돈이나 **명예**＊를 더 많이 가진 사람이다. 더 많이 가졌다는 것은 다른 사람을 도울 수 있는 충분한 돈과 힘이 있다는 뜻이기도 하다. 그래서 우리 사회에서는 ㉠부자들이 좀 더 기부를 많이 해야 한다는 사회적인 **책임**＊이 생기게 되었다. 류이주, 김만덕, 최 부자는 이 사회적 책임을 **실천**＊했기에 오늘날까지도 존경받는 인물이 된 것이다.

오늘날에도 많은 사람이 기부를 실천하고 있다. 세계에서 가장 부자로 손꼽히는 사람은 미국의 빌 게이츠이다. 빌 게이츠는 세계 최대 기부 재단을 만들어 전 세계에서 가장 많은 금액을 기부하여 '기부왕'이라는 별명을 갖게 되었다. 우리나라에서 사회적 책임을 다한 대표적인 인물로 유일한 박사가 있다. 유일한 박사는 사업을 통해서 많은 돈을 모으게 되었다. 하지만 자신이 세운 회사를 자식에게 물려주지 않았다. 또한 전 재산을 사회에 기부하고, 학교를 세우는 등 사회적 나눔을 실천하였다.

더 나은 세상을 만들기 위해서는 서로 도우며 살아야 한다. 더불어 살아갈 때 우리 삶은 더욱 풍족해질 것이다.

어휘사전

＊ **나눔** 자신이 가진 것을 다른 사람에게 베푸는 것.

＊ **기부**(寄 부칠 기, 附 붙을 부) 많은 사람에게 도움이 되는 일에 돈이나 재산 등을 내어 주는 것.

＊ **명예**(名 이름 명, 譽 기릴 예) 세상 사람들로부터 받는 높은 평가와 그에 따르는 영광.

＊ **책임**(責 꾸짖을 책, 任 맡을 임) 꼭 하기로 하고 맡은 일.

＊ **실천** 계획을 실제로 행하는 것.

내용요약

글의 중심 내용을 생각하며 빈칸의 낱말을 써 보세요.

나눔은 우리 삶에 꼭 필요한 행동이다. 우리 사회에는 부자들이 좀 더 많이 기부해야 한다는 ㅅ ㅎ ㅈ ㅊ ㅇ 의 문화가 있다.

1

중심
내용

글쓴이가 이 글을 쓴 목적은 무엇인가요? (   )

① 부자의 장단점을 알려 주려고

② 부자가 되는 방법을 알려 주려고

③ 부자의 사회적 책임을 설명하려고

④ 부자의 기준이 무엇인지 알아보려고

⑤ 부자가 되면 얼마나 행복한지 보여 주려고

2

내용
이해

이 글의 내용과 일치하는 것은 무엇인가요? (   )

① 나눔은 우리 삶에 꼭 필요하지 않다.

② 사람은 혼자서도 충분히 살 수 있다.

③ 류이주, 김만덕, 최 부자는 존경받는 인물이 아니다.

④ 류이주, 김만덕, 최 부자는 사회적 책임을 실천했다.

⑤ 더 나은 세상을 만들기 위해서는 나 하나만 챙기면 된다.

3

적용
하기

다음 중 ㉠의 예로 알맞은 것을 골라 기호를 쓰세요.

㉮ 자신이 모은 재산을 자식에게 물려준 부자

㉯ 자신이 모은 돈을 쓰지 않고 남의 돈을 빼앗은 부자

㉰ 자신이 근검절약하여 모은 재산을 사회에 기부한 부자

(   )

주제 정리 **1** 생각주제와 관련된 앞의 두 글을 읽고 내용을 정리해 보세요.

ㄱ ㅂ	많이 가진 사람이 덜 가진 사람을 돕는 문화
부자의 사회적 책임	부자는 남들보다 돈이나 명예를 더 많이 가졌기 때문에 더 많이 베풀고 기부해야 한다는 것
조선 시대에 사회적 책임을 실천한 인물	ㄹ ㅇ ㅈ , 김만덕, 최 부자
오늘날 사회적 책임을 실천한 인물	빌 게이츠, 유일한

2 다음 빈칸에 공통으로 들어갈 말로 알맞은 것을 찾아 ○표 하세요.

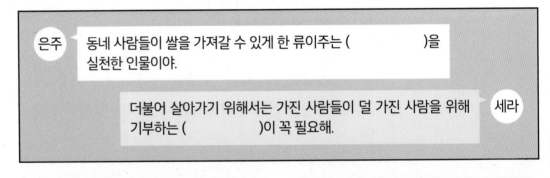

은주 동네 사람들이 쌀을 가져갈 수 있게 한 류이주는 (   )을 실천한 인물이야.

더불어 살아가기 위해서는 가진 사람들이 덜 가진 사람을 위해 기부하는 (   )이 꼭 필요해. 세라

(1) 돈이나 명예를 더 가진 사람이 더 많이 나누어야 한다는 사회적 책임

(2) 돈이나 명예와 상관없이 모두 동등하게 나누어야 한다는 평등한 책임

3 부자의 사회적 책임에 대해 자신의 생각을 써 보세요.

부자는 ✎

주제 어휘	재산	기부	책임	실천

4 다음 뜻에 알맞은 주제 어휘에 ○표 하세요.

(1) 꼭 하기로 하고 맡은 일. 　　　　　　　　　　　　　[결과 | 책임]

(2) 계획을 실제로 행하는 것. 　　　　　　　　　　　　　[실천 | 실패]

(3) 개인이나 단체가 가지고 있는, 경제적 가치가 있는 모든 것. 　[유물 | 재산]

(4) 많은 사람에게 도움이 되는 일에 돈이나 재산 등을 내어 주는 것.

　　　　　　　　　　　　　　　　　　　　　　　　[증명 | 기부]

5 다음 빈칸에 공통으로 들어갈 낱말을 주제 어휘에서 찾아 쓰세요.

> • 반장으로 뽑힌 사람은 반장으로서의 　　　　　을 지게 된다.
> • 나는 평소에 집안에서 내 방 청소하기, 설거지 돕기와 같은 　　　　　을 다하고 있다.

→ [　　|　　]

6 다음 밑줄 친 말과 뜻이 비슷한 낱말을 주제 어휘에서 찾아 쓰세요.

> 한 부자는 자신이 가진 재산 모두를 사회에 기증하기로 약속하였다. 부자는 세계의 모든 아이가 더 나은 세상에서 살기를 바라는 마음에서 전 재산을 내놓게 되었다고 그 이유를 밝혔다. 그의 약속은 사회적 책임의 좋은 본보기가 되고 있다.

(　　　　　　　　)

내 용돈, 다 어디 갔어?

내 용돈,
다 어디 갔어?
글 박현숙
팜파스

오늘이 22일. 서민주 선물을 사야 하는 날이다. 나는 그동안 모은 돈을 책상 위에 올렸다. 모두 사천이백 원이었다.

"이 돈을 갖고 뭘 사지?"

아무리 생각해도 굉장하고 멋진 선물을 사기는 다 틀렸다. 이럴 줄 알았으면 동민이처럼 **저금***을 많이 하는 건데, 용돈을 받자마자 바로 써 버렸던 것이 후회가 되었다.

문방구* 아줌마는 오늘도 친절했다. 나는 문방구 안으로 들어가 괜히 몇 바퀴 돌았다.

"아줌마 이거 얼마예요?" / 나는 캐릭터 가방을 들었다. 휴지와 휴대 전화를 넣으면 좋을 만한 크기의 가방이었다.

"칠천 원." / 문방구 아줌마 말이 끝나기도 전에 ㉠나는 얼른 가방을 내려 놓고 다른 쪽으로 갔다.

"이거는요." / 이번에는 필통을 집어 들었다. 캐릭터가 그려져 있고 얼핏 봐도 좋아 보이는 필통이었다.

"팔천 원."

"왜 이렇게 다 비싸요?"

나는 짜증을 부렸다. 나는 다시 문방구를 돌았다. 선물 하나도 제대로 못 사는 내가 한심하고 불쌍하게 느껴졌다. 문방구를 두 바퀴 더 돈 다음 분홍색 젤리 샤프를 집었다. 요즘 아이들에게 인기 있는 샤프였다.

"그건 사천 오백 원이야."

문방구 아줌마가 내가 묻기도 전에 말했다. 좋아 보이기는 한데 삼백 원이 모자랐다. 다른 샤프 연필은 다 별로였다. 샤프 연필 중에는 분홍색 젤리 샤프가 제일 예뻤다.

"마음에 들면 사." / 문방구 아줌마가 말했다. 나는 대답하지 않고 계속 분홍색 젤리 샤프를 만지작거렸다.

"돈이 모자라니?" / 문방구 아줌마는 천재다. 돈이 모자라다는 걸 어떻게 알았을까? 나는 힘차게 고개를 끄덕였다.

"얼마나 모자라는데?"

"삼백 원이요."

어휘사전

* **저금** 돈을 은행에 맡기거나 모으는 것.

* **문방구** 공부를 하거나 사무를 보는 데에 필요한 것을 파는 가게.

1 '나'에게 일어난 가장 큰 문제는 무엇인가요? (   )

중심 내용

① 마음에 드는 물건이 없다.

② 민주와 친한 사이가 아니다.

③ 문방구 아줌마가 너무 친절하다.

④ 샤프 연필 색깔이 마음에 안 든다.

⑤ 친구 민주의 선물을 살 돈이 모자란다.

2 '내'가 ㉠처럼 행동한 이유는 무엇인가요? (   )

추론 하기

① 필통이 더 마음에 들어서

② 가진 돈에 비해 너무 비싸서

③ 빨리 가방값을 치르고 사 가려고

④ 다른 친구가 가방을 선물할 것 같아서

⑤ 문방구 아줌마께서 가방을 내려놓고 나가라고 하셔서

3 이 글의 '나'와 비슷한 상황에 있는 친구의 이름을 쓰세요.

적용 하기

> 은영: 책가방이 낡아서 새로 사려고 용돈을 저금하고 있어.
>
> 현주: 마음에 드는 운동화가 있길래 샀어. 그래서 준비물을 살 돈이 모자라.

(   )

4 이 글을 읽고 생각하거나 느낀 점으로 알맞은 것을 고르세요.

감상 하기

> ㉮ '나'는 용돈을 잘 쓰는 법을 모르고 있어. 지혜롭게 소비하는 방법을 배워야 겠어.
>
> ㉯ '나'는 선물을 고르는 솜씨가 좋아 보여. 역시 지혜롭게 소비하려면 많이 사 봐야 해.

(   )

합리적인 선택

돈을 주고 물건을 사는 것을 **소비***라고 한다. 오늘날에는 돈을 내면 여러 가지 상품을 자유롭게 살 수 있다. 그런데 만약 돈을 아끼기 위해 아무도 소비하지 않으면 어떻게 될까? 물건을 만들거나 판매하는 회사는 망하고 만다. 그러면 결국 우리의 일자리도 없어질 수 있다. 그래서 돈을 쓰는 **경제 활동***은 아주 중요하다.

그런데 사람들이 쓸 수 있는 돈은 그 양이 한정되어 있다. 버는 돈이 정해져 있기 때문이다. 그래서 원하는 것을 전부 살 수 없기에 우리는 현명하게 돈을 써야 한다. 무턱대고 돈을 쓰다 보면 꼭 필요한 곳에 쓸 돈이 없어지게 된다. 그래서 **합리적***인 **선택***을 해야 한다.

합리적인 선택이란 내가 가진 돈의 범위 안에서 가장 만족스러운 것을 고르는 일이다. 예를 들어, 군것질하는 것에 대해 9만큼 만족하고, 저금하는 것에 대해 3만큼 만족한다면 더 큰 만족을 느끼는 군것질을 선택하는 것이 합리적인 선택이다.

그리고 합리적인 선택을 하려면 **기회비용***을 따져야 한다. 우리는 무엇에 돈을 쓸지 선택하고, 무엇을 포기할지 결정해야 한다. 이때 포기하는 것이 기회비용이 된다. 예를 들어, 5,000원으로 학용품을 사는 것과 군것질을 하는 것 중에서 무엇에 돈을 쓸지 고민한다. 그러다 학용품 사기를 선택하면, 포기한 군것질이 기회비용이 된다. 기회비용은 돈뿐만 아니라, 한정된 시간에도 적용할 수 있다.

기회비용이 작은 것을 고르면 만족도는 더 높아진다. 기회비용이 큰 것을 고르면 만족도는 낮아진다. 한정된 돈과 시간을 잘 쓰고 싶다면 기회비용이 작아서 만족감이 높은 것을 골라 보자.

어휘사전

* **소비** 돈이나 시간 등을 써서 없애는 것.

* **경제 활동** 사람이 사회에서 이익을 얻기 위하여 벌이는 온갖 활동.

* **합리적**(合 합할 합, 理 다스릴 리, 的 과녁 적) 이치에 어긋나지 않는 것.

* **선택** 여럿 가운데서 마음에 들거나 필요한 것을 골라서 정하는 것.

* **기회비용** 어느 하나를 선택하면서 포기하게 되는 다른 것.

내용요약

글의 중심 내용을 생각하며 빈칸의 낱말을 써 보세요.

합리적인 선택이란 한정된 [ㄷ]이나 [ㅅㄱ]을 잘 쓰기 위한 소비 방법이다. 이를 위해서는 선택한 것의 기회비용이 작아서 만족도가 높아야 한다.

1 글쓴이가 이 글을 쓴 목적은 무엇인가요? (　　　　)

내용
이해

① 합리적인 선택의 단점을 알려 주려고
② 합리적인 선택의 유래를 알려 주려고
③ 합리적인 선택이 불필요함을 알려 주려고
④ 합리적인 선택을 하는 방법을 알려 주려고
⑤ 합리적 선택이 일자리와 관계있음을 알려 주려고

2 이 글의 내용으로 알맞은 것 두 가지에 ○표 하세요.

추론
하기

(1) 돈은 그 양이 한정되어 있다. (　　　　)
(2) 돈은 무조건 안 쓰고 아끼는 것이 좋다. (　　　　)
(3) 합리적인 선택을 하기 위해서는 만족감이 작아야 한다. (　　　　)
(4) 합리적인 선택을 하기 위해서는 기회비용이 작아야 한다. (　　　　)

3 다음 중 합리적인 선택의 예로 알맞은 것을 골라 기호를 쓰세요.

적용
하기

㉠ 만족도가 높은 군것질하기보다 만족도가 낮은 학용품 사기를 선택한 민수
㉡ 만족도가 7이고 값이 500원인 지우개보다 만족도가 9이고 값이 500원인 연필을 산 예지

(　　　　)

주제
정리

1 생각주제와 관련된 앞의 두 글을 읽고 합리적인 선택을 한 경험을 예3의 빈칸에 써
보세요.

> **합리적인 선택**
>
> 내가 가진 돈의 범위 안에서 가장 만족스러운 것을 고르는 일

예1
내 용돈, 다 어디 갔어?

이럴 줄 알았으면 동민이처럼 저금을 많이 하는 건데, 용돈을 받자마자 바로 써 버렸던 것이 후회가 되었다.

예2
합리적인 선택

군것질하는 것에 9만큼 만족하고 저금하는 것에 3만큼 만족한다면 군것질을 선택하는 것

예3

2 다음 그림의 두 친구가 해야 할 것은 무엇인지 골라 ○표 하세요.

(1) 도덕적 선택

(2) 합리적 선택

3 합리적인 선택을 해야 하는 까닭을 써 보세요.

합리적인 선택을 해야 하는 까닭은 ✎

_____

_____

| 주제 어휘 | 소비 | 경제 활동 | 합리적 | 선택 | 기회비용 |

4 다음 주제 어휘의 뜻을 바르게 연결해 보세요.

(1) 소비 •

(2) 합리적 •

(3) 선택 •

(4) 기회비용 •

• ㉠ 이치에 어긋나지 않는 것.

• ㉡ 돈이나 시간 등을 써서 없애는 것.

• ㉢ 어느 하나를 선택하면서 포기하게 되는 다른 것.

• ㉣ 여럿 가운데서 마음에 들거나 필요한 것을 골라서 정하는 것.

5 다음 빈칸에 공통으로 들어갈 말을 주제 어휘에서 찾아 쓰세요.

(1)
• 교실 대청소를 할 때는 여럿이 힘을 모아 함께 하는 것이 ⬚⬚⬚이다.
• 우리에게 닥친 문제를 ⬚⬚⬚으로 해결하기 위한 방법을 생각해 보았다.

→ ⬚⬚⬚

(2)
• 시장에서 사람들이 물건을 사고파는 것도 ⬚⬚⬚에 포함된다.
• 우리가 직업을 가지고 돈을 벌고 그 돈을 쓰면서 여러 가지 ⬚⬚⬚을 경험하게 된다.

→ ⬚⬚⬚⬚

6 다음 밑줄 친 말과 뜻이 비슷한 낱말을 주제 어휘에서 찾아 쓰세요.

사람이 되고 싶었던 인어 공주는 마녀를 찾아갔습니다. 마녀는 인어 공주를 사람으로 만들어 주는 조건으로, 인어 공주의 아름다운 목소리를 원했습니다. 인어 공주는 목소리를 잃는 것이 두려웠지만, 사람이 되고 싶어서 목소리를 마녀에게 주었습니다. 사람이 되기로 한 인어 공주의 결정은 결국 인어 공주의 목소리를 잃게 만들었습니다.

(   )

따끔따끔 우리가 전기에 중독 되었다고?

따끔따끔
우리가 전기에
중독되었다고?

글 신지선
영수책방

어휘사전

＊**금속** 쇠·구리·은처럼 번들거리
는 빛깔이 있고 열과 전기를 통
과시키는 성질이 있는 단단한
물질.

＊**전기**(電 번개 전, 氣 기운 기) 물
질 안에 있는 전자의 이동으로
생기는 에너지.

＊**라이덴병** 전기를 모으는 유리
병, 축전기라고도 함.

＊**정전기**(靜 고요할 정, 電 번개
전, 氣 기운 기) 털, 플라스틱 같
은 물질들을 서로 비빌 때 생기
는 약한 전기.

1752년 천둥이 치고 검은 먹구름이 하늘에 가득하던 어느 오후, 미국의 학자 프랭클린과 그의 아들은 연을 가지고 들판으로 나갔어요. 프랭클린은 **금속**＊ 선을 단 연을 구름 위까지 날렸어요. 연줄 맨 아랫부분에는 금속 열쇠를 달고 **전기**＊를 모을 수 있는 **라이덴병**＊을 준비했어요. 만약 번개로부터 전기가 흘러나와 연을 통한다면 열쇠와 라이덴병 사이에 전기 불꽃이 일어나는 실험이었죠. 몇 시간이나 실험을 하다가 비구름에서 전기가 흘러나와 마침내 라이덴병으로 전기가 모이기 시작한 걸 발견했어요. 이 실험으로 프랭클린은 번개가 하나의 전기 현상임을 알게 되었죠.

프랭클린의 실험 덕분에 이제 사람들은 번개가 더 이상 신의 노여움이 아닌 전기 현상이라는 것을 알았고 전기에 대해 연구하던 과학자들은 흥분했어요. 물론 번개로부터 전기를 모으려는 실험을 계속하다가 목숨을 잃는 과학자들이 생기기도 했지만요.

⊙왜 사람들은 위험한 상황에 처하면서까지 전기를 연구했을까요? 전기에 어떤 매력이 있는 걸까요? 기원전 600년경, 그리스의 철학자이자 천문학자였던 탈레스는 호박(보석의 한 종류)에 특별히 관심을 가지고 있었어요. 호박을 천으로 힘차게 문지르면 깃털이나 먼지, 머리카락 같은 물체가 호박에 달라붙었다가 떨어지는 현상을 주의 깊게 관찰하면서 '**정전기**＊'라는 것을 알아냈죠. 이렇게 고대 그리스 시대부터 눈에 보이지도 않는 전기의 신비는 특별하고 새롭고 기묘한 주제였어요.

호박 실험은 그로부터 거의 2000년이 지난 1600년, 영국 런던의 의사이자 철학자인 윌리엄 길버트에게까지 연결이 되었어요. 길버트는 호박 실험으로 정전기를 연구하는 것에 그치지 않고 자석과 나침반의 원리도 연구했어요. 그리고 '전기'라는 말을 처음으로 사용하기 시작했죠.

1
중심
내용

다음 빈칸에 알맞은 낱말을 써 넣어 이 글의 중심 내용을 완성하세요.

| | | 현상에 대해 알아내기 위해 오랜 시간 동안 여러 사람이 연구하였다. |

2
내용
이해

이 글에 나타난 프랭클린, 탈레스, 윌리엄 길버트의 공통점은 무엇인가요?

(   )

① 과학적 사실을 밝혀내기 위해 연구하다 실패하였다.
② 과학적 사실을 밝혀내기 위해 연구하여 성공하였다.
③ 과학적 사실을 밝혀내기 위해 연구하다 상을 받았다.
④ 과학적 사실을 밝혀내기 위해 연구하다 목숨을 잃었다.
⑤ 과학적 사실을 밝혀내기 위해 연구했지만, 아무것도 알 수 없었다.

3
글의
구조

이 글에 나오는 사실들을 먼저 일어난 순서대로 기호를 쓰세요.

⑦ 영국의 의사 길버트는 '전기'라는 말을 처음 사용했다.
⑭ 그리스의 철학자 탈레스는 호박을 마찰하여 정전기를 알아냈다.
⑮ 프랭클린은 라이덴병 실험을 통해 번개가 전기 현상임을 알아냈다.

(   ) ➔ (   ) ➔ (   )

4
추론
하기

이 글의 내용으로 보아, ⊙의 이유로 알맞은 것을 찾아 기호를 쓰세요.

⑦ 번개는 신이 인간을 벌하기 위해 만들어졌다는 사실을 밝히기 위해
⑭ 눈에 보이지 않는 전기의 신비는 특별하고 새로운 주제였기 때문에

(   )

전기 에너지의 비밀

깜깜한 하늘에 번쩍번쩍 빛나는 번개는 전기 현상이다. 구름과 구름 사이나 구름과 땅 사이에 전기가 흐를 때 번쩍 하고 불꽃이 튀면서 번개가 일어난다. 전기는 '**전자***의 움직임'으로 생기는 것으로, 정전기도 전기의 하나이다. 정전기는 종류가 다른 물체끼리 부딪치면서 전자가 이동해서 전기가 생긴다.

전기처럼 물체가 일을 하게 하는 힘을 **에너지***라고 한다. 에너지에는 여러 종류가 있다. 전기 에너지, 빛 에너지, 열에너지, 화학 에너지, 운동 에너지 등이 그 예이다. 한 종류의 에너지는 **인공적***인 장치를 통해 다른 에너지로 변화시킬 수 있다. 그중 전기 에너지는 다른 에너지로 쉽게 바꿀 수 있기 때문에 우리 생활에서 다양하게 쓰이고 있다.

그 예로 백열등이나 형광등 같은 전자 제품은 전기 에너지를 빛 에너지로 바꾸어서 빛으로 방 안을 밝혀 준다. 또 헤어드라이어와 전기밥솥은 전기 에너지를 열에너지로 바꾸어 뜨거운 열을 내게 된다. 최근에 등장한 전기 자동차는 전기 에너지를 운동 에너지로 바꿔서 이용하는 제품이다.

우리 집 안의 전기 제품에 쓰이는 전기는 어디서 오는 걸까? 바로 전기를 만드는 **발전소***에서 전기를 생산한다. 전기를 만드는 발전소는 여러 가지가 있다. 높은 곳에서 낮은 곳으로 물을 떨어뜨려서 얻은 에너지를 전기 에너지로 만드는 수력 발전소가 있다. 또 석탄이나 석유 같은 화석 연료에 열을 가해서 얻은 에너지로 전기를 얻는 화력 발전소가 있다. 제주도에 가면 보이는 큰 바람개비는 바람을 이용하여 전기 에너지를 얻는다. 이것을 풍력 발전이라고 한다. 바다의 밀물과 썰물의 차를 이용한 **조력*** 발전소, 태양열을 이용한 태양광 발전소도 전기 에너지를 만들어 준다.

전기는 우리 생활에 꼭 필요한 에너지이다. 그러나 전기를 만드는 과정에서 환경이 오염되고 지구 온난화가 심해지기 때문에 가정에서 전기를 아껴 쓰는 노력이 필요하다.

어휘사전

* **전자** 한 원자 속에서 음전기를 띠고 원자핵의 둘레를 도는 아주 작은 알갱이.

* **에너지**(energy) 기계 등을 움직이게 하는 힘.

* **인공적**(人 사람 인, 工 장인 공, 的 과녁 적) 사람이 만드는 것.

* **발전소** 전기를 만들어 내는 곳.

* **조력**(潮 조수 조, 力 힘 력) 썰물과 밀물의 차이로 일어나는 힘.

내용요약

글의 중심 내용을 생각하며 빈칸의 낱말을 써 보세요.

| ㅈ | ㄱ |는 전자가 이동하면서 생기는 | ㅇ | ㄴ | ㅈ |로, 여러 전기 제품을 작동하는 데 쓰이고 있다. 전기는 여러 발전소에서 생산된다.

1 전기 에너지에 대한 설명으로 알맞은 것은 무엇인가요? ( )

내용
이해

① 전기 에너지는 다른 에너지로 쉽게 바꿀 수 있다.

② 전기 제품에 쓰이는 전기는 정전기에서 온 것이다.

③ 형광등은 전기 에너지를 운동 에너지로 바꾼 것이다.

④ 전기 제품에 쓰이는 전기는 화력 발전소에서만 생산된다.

⑤ 전기 에너지를 만드는 과정은 지구 온난화와 관계가 없다.

2 전기 에너지를 바꾼 각각의 에너지와 그것을 이용하는 전기 제품으로 알맞은 것을 선으로 이으세요.

내용
이해

(1) | 빛 에너지 | •

(2) | 열에너지 | •

(3) | 운동 에너지 | •

• ① | 백열등 |

• ② | 전기 자동차 |

• ③ | 헤어드라이어 |

3 다음 중 바람으로 전기 에너지를 만드는 발전소에 ○표 하세요.

적용
하기

(1)

(2)

(3)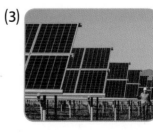

( ) ( ) ( )

1 생각주제와 관련된 앞의 두 글을 읽고 내용을 정리해 보세요.

전기 에너지

전자의 움직임에 의해 생기는 것으로, 빛, 열, 운동 등 다른
 ㅇ ㄴ ㅈ 로 쉽게 바뀌어 전기 제품을 작동시킴.

전기 에너지의 발견

과학자 프랭클린은 금속 선을 단연 실험을 통해 ㅂ ㄱ 가 신이 내린 벌이 아니라 전기 현상임을 발견하였음.

전기를 생산하는 발전소

- 물을 이용한 수력 발전소
- 화석 연료를 이용한 화력 발전소
- 바람을 이용한 풍력 발전소
- 썰물과 밀물을 이용한 조력 발전소
- 태양열을 이용한 태양광 발전소

2 전기 에너지에 대한 설명으로 알맞은 것 두 가지를 골라 ○표 하세요.

(1) 전기 에너지를 만드는 과정에서 환경이 오염된다.

(2) 전기 에너지는 한 가지 종류의 에너지로만 바뀐다.

(3) 헤어드라이어는 전기 에너지를 열에너지로 바꾼 것이다.

(4) 화력 발전소는 태양열을 이용해서 전기 에너지를 얻는다.

3 번개와 백열등의 공통점은 무엇인지 써 보세요.

번개와 백열등의 공통점은 ✎ _____

_____

_____

| 주제 어휘 | 전기 | 정전기 | 에너지 | 발전소 | 조력 |

4 다음 뜻에 알맞은 주제 어휘에 ○표 하세요.

(1) 전기를 만들어 내는 곳.　　　　　　　　　　　　| 발전소 | 전동기 |

(2) 기계 등을 움직이게 하는 힘.　　　　　　　　　　| 정전기 | 에너지 |

(3) 썰물과 밀물의 차이로 일어나는 힘.　　　　　　　| 조력 | 동력 |

(4) 털, 플라스틱 같은 물질들을 서로 비빌 때 생기는 약한 전기.

| 정전기 | 충전기 |

5 다음 빈칸에 공통으로 들어갈 낱말을 주제 어휘에서 찾아 쓰세요.

(1)
- ☐☐☐☐ 에너지는 빛, 열, 운동 에너지로 변한다.
- 세탁기를 사용하기 위해서는 ☐☐☐☐ 에너지가 필요하다.

→ ☐☐

(2)
- 겨울철에는 건조하여 ☐☐☐가 잘 생긴다.
- 호박 보석에 천을 문지르면 ☐☐☐가 일어난다.

→ ☐☐☐

6 다음 밑줄 친 낱말이 주제 어휘와 같은 뜻으로 사용된 것에 ○표 하세요.

(1)
㉠ 외장 배터리의 전기 에너지가 방전되었어.　(　　　　)
㉡ 지금 나는 에너지가 너무 떨어져서 뭔가를 먹어야 해.　(　　　　)

(2)
㉠ 나는 어제 유관순의 전기를 읽었어.　(　　　　)
㉡ 전기 제품이 없으면 세상을 어떻게 살아갈까?　(　　　　)

이중섭

> **이중섭**
> 글 이재승, 공은혜
> 시공주니어

'나만이 그릴 수 있는, 내가 가장 잘 그릴 수 있는 그림은 무엇일까?'

가만히 눈을 감자 화가를 꿈꾸던 어린 시절이 떠올랐다. 평양의 강과 들을 누비며 그림을 그리고 또 그렸던 시절. 소와 함께 깨고 자고 뒹굴던 시절. 순간 머리에 번뜩 떠오르는 것이 있었다.

'그래, 소를 그려 보자!'

이중섭은 땅을 **박차고**[*] ㉠힘차게 달려 나가는 소의 모습을 그리고 싶었다. 그러나 그림 속 소는 그 자리에 그대로 멈춰 있는 모습이었다.

'어떻게 하면 소가 ㉡살아 움직이는 것처럼 그릴 수 있을까?'

그날부터 이중섭은 연습실과 방 안에 틀어박혀 소 그림을 그리는 데 열중했다. 이중섭은 다시 처음의 마음가짐으로 돌아가 소를 그림의 소재로 삼았던 **계기**[*]를 떠올렸다. 소는 우리 민족과 가까운 가장 동양적인 동물이었다.

'그렇다면 힘찬 **먹선**[*]으로 표현해 보면 어떨까?'

이중섭은 아주 굵은 붓질로 소의 모습을 그리기 시작했다. 수없이 소의 형태를 그렸던지라 붓을 놀리는 손길에서 그 어떤 망설임도 찾아볼 수 없었다. ㉢폭발할 듯 힘찬 선의 움직임과 함께 소의 강렬한 **생동감**[*]이 종이 위에 그대로 살아났다.

한참을 숨죽여 그림에 열중하던 이중섭이 마침내 붓을 놓고 일어섰다. 거대한 소는 얼굴을 뒷다리와 맞닿을 정도로 꺾은 모양새로 살아 움직이듯 ㉣꿈틀대고 있었다. 이중섭의 얼굴에도 ㉤흡족한 미소가 떠올랐다.

이중섭과 가깝게 지내던 선배 문학수는 이중섭의 그림을 보고 **공모전**[*]에 응모해 보라고 권유했다.

"그림이 **입선**[*]하면 화가로서 더욱 인정을 받게 되네. 자유 미술가 협회전 응모가 곧 있으니 도전해 보면 어떤가?"

망설이던 이중섭은 자신이 그린 그림 가운데 마음에 드는 것을 추려 공모전에 보냈다. 그리고 얼마 후 기대하던 기쁜 소식이 들려왔다. 이중섭의 작품이 입선을 한 것이었다. 이중섭은 이제 화가로서 한 걸음 내딛을 수 있게 되었다.

어휘사전

＊**박차다** 발길로 힘껏 차다.

＊**계기** 어떤 일이 일어나거나 변하는 중요한 원인.

＊**먹선** 붓에 먹물을 묻혀 그은 선.

＊**생동감** 생기 있게 살아 움직이는 듯한 느낌.

＊**공모전** 공개적으로 모집한 예술 작품의 전시회.

＊**입선**(入 들 입, 選 가릴 선) 낸 작품이 심사에 합격하여 뽑힘.

1

중심
내용

다음 빈칸에 알맞은 말을 써넣어 이 글에서 일어난 가장 중요한 일을 완성하세요.

> 이중섭은 힘찬 먹선으로 표현한 □ 그림으로 공모전에 입선하였다.

2

내용
이해

이 글의 내용과 일치하는 것은 무엇인가요? (   )

① 이중섭은 누워 있는 소를 그렸다.

② 이중섭은 어릴 때 도시에서 살았다.

③ 이중섭은 여러 가지 색깔의 소를 그렸다.

④ 이중섭의 작품은 공모전에서 아깝게 떨어졌다.

⑤ 이중섭이 그린 소 그림은 강렬한 생동감이 있었다.

3

내용
이해

이중섭이 소를 그리게 된 가장 중요한 계기를 찾아 번호를 쓰세요.

> (1) 수없이 소의 형태를 그렸기 때문에
>
> (2) 소와 함께 자고 깨고 뒹굴었기 때문에
>
> (3) 소는 우리 민족과 가장 가까운 동물이기 때문에

(   )

4

추론
하기

㉠~㉤ 중, 표현하는 대상이 나머지와 <u>다른</u> 하나는 무엇인가요? (   )

① ㉠   ② ㉡   ③ ㉢

④ ㉣   ⑤ ㉤

이중섭의 그림 세계

1 이중섭은 평생 몇 가지 **소재***만을 주로 그렸다. 소, 닭, 아이들, 가족, 게, 물고기, 꽃, 새, 나비, 복숭아 등을 그렸다. 이중섭에게 그림은 자신의 삶을 표현하는 도구였다. 이중섭이 그린 소재들은 모두 그의 삶에서 나온 것들이다.

2 어릴 때부터 소를 보고 자란 이중섭은 소 그리기를 아주 좋아했다. 작품 「흰 소」에서 흰 물감으로 그려진 소는 힘을 불끈 쓰고 있다. 금방이라도 뜨거운 콧김을 내뿜으며 살아 움직일 것만 같다. 소의 뼈대와 힘줄까지 보이는 듯하다. 옛날부터 농사를 지었던 우리 민족에게 소는 가장 가까운 동물이었다. 이중섭이 그린 흰 소는 하얀 옷을 즐겨 입었던 ㉠우리 민족의 **혼***을 나타낸 것이었다.

3 이중섭이 자주 그린 또 다른 소재는 '자연 속에서 노는 아이들'이다. 그림 속 벌거벗은 아이들은 웃는 얼굴로 서로 손을 잡거나 몸을 맞대고 있다. 게와 물고기와 꽃과 나비와 새 들과 어우러져 행복한 춤을 추고 있는 것처럼 보인다. 이중섭은 이러한 그림을 **은박지***를 이용해 그렸다. 은박지 위에 뾰족한 것으로 그림을 새기고, 그 위에 물감을 발랐다가 닦아 내어 표현했다. 이 그림들에는 춥고 배고픈 아이들을 행복하게 해 주고 싶은 화가의 간절한 마음이 잘 표현되어 있다.

4 이중섭은 '가족'의 모습도 자주 그림에 담았다. 그는 **형편***이 어려워 일본에 떨어져 살고 있는 부인과 두 아들에게 자주 그림이 그려진 엽서를 보내곤 했다. 엽서에는 엄마, 아빠와 두 아이가 동그랗게 모여 앉아 웃고 있는 화목한 모습이 담겨 있다. 가족에 대한 그리움이 담긴 이중섭의 엽서는 그 자체로 훌륭한 **예술*** 작품으로 남았다.

어휘사전

* **소재**(素 흴 소, 材 재목 재) 작품을 만들기 위하여 다루는 사실이나 사물.

* **혼** 사람의 몸속에 있으면서 정신과 몸을 다스리는 것.

* **은박지** 알루미늄을 종이처럼 얇게 펴 만들어서 물건을 쌀 때 쓰는 것.

* **형편** 살림살이의 정도.

* **예술** 생각하고 느끼는 바를 아름다운 형식으로 표현하는 것.

내용요약

글의 중심 내용을 생각하며 빈칸의 낱말을 써 보세요.

이중섭은 평생 몇 가지 [ㅅ][ㅈ]를 반복해서 그렸다. 대표적인 것으로 소, 자연과 어우러진 [ㅇ][ㅇ][ㄷ], 가족 등이 있다.

1 이 글의 내용과 일치하지 <u>않는</u> 것은 무엇인가요? (   )

내용
이해

① 이중섭은 소 그리기를 좋아했다.

② 이중섭은 그림으로 자신의 삶을 표현했다.

③ 이중섭은 몇 가지 소재를 반복해서 그렸다.

④ 이중섭은 가족들에게 글만 적힌 엽서를 많이 보냈다.

⑤ 이중섭은 아이들과 게, 꽃, 나비 같은 자연물을 함께 표현하였다.

2 다음 **보기**의 내용과 관련 있는 문단의 번호를 쓰세요.

비판
하기

┤ 보기 ├

　이중섭과 부인 마사코 사이에서 태어난 첫아이가 태어난 지 얼마 되지 않아 병으로 죽고 말았다. 이중섭은 괴로워하며 아이의 관 속에 여러 장의 그림을 그려서 넣어 주었는데, 복숭아를 가지고 노는 아이들 그림이었다. 이중섭의 친구가 관 속에 그림을 넣어 주는 까닭을 묻자, 아이가 저세상으로 가는 길이 심심하지 않게 그림 속 친구들과 어울려 놀게 하려고 그런다고 대답했다.

(   )

3 다음 중 ㉠의 뜻을 잘 이해하고 말한 친구를 찾아 ○표 하세요.

비판
하기

(1)

귀신을 그렸다는 뜻이야.

(   )

(2)

그림을 그릴 때 혼신을 다했다는 뜻이야.

(   )

(3)

소가 우리 민족을 상징한다는 뜻이야.

(   )

 1 생각주제와 관련된 앞의 두 글을 읽고 내용을 정리해 보세요.

> ### 이중섭의 그림 세계
>
> 이중섭은 그림으로 자신의 삶을 표현했으며, 몇 가지 소재를 반복하여 그렸음.

소
- 우리 민족의 혼을 나타내는 소재임.
- 힘찬 | ㅁ | ㅅ | 으로 살아 움직이는 것처럼 표현함.

자연 속에서 노는 아이들
- 벌거벗은 아이들이 자연에서 춤추는 모습을 그렸음.
- | ㅇ | ㅂ | ㅈ | 그림에도 많이 등장함.

가족
- 부인과 두 아들에게 보낸 엽서에 그린 그림.
- 주로 | ㄱ | ㅈ | 들이 다 함께 모인 화목한 모습을 그림.

2 이중섭에 대한 설명으로 알맞은 것을 두 가지 골라 ○표 하세요.

(1) 이중섭은 가족들과 떨어져 살아야 했다.

(2) 이중섭은 삭막한 도시의 풍경을 주로 그렸다.

(3) 이중섭은 소를 그리기 위해 힘찬 먹선을 이용했다.

(4) 이중섭이 가족들에게 보낸 엽서는 오늘날 남아 있지 않다.

3 이중섭의 소 그림을 찾아본 후 어떤 생각이나 느낌이 드는지 써 보세요.

이중섭의 소 그림은 ✎ _____

_____

_____

| 주제 어휘 | 먹선 | 생동감 | 소재 | 혼 | 예술 |

4 다음 뜻에 알맞은 **주제 어휘**에 ○표 하세요.

(1) 붓에 먹물을 묻혀 그은 선. 　　　　　　　| 먹선 | 먹물 |

(2) 생기 있게 살아 움직이는 듯한 느낌. 　　　| 책임감 | 생동감 |

(3) 작품을 만들기 위하여 다루는 사실이나 사물. | 물감 | 소재 |

(4) 생각하고 느끼는 바를 아름다운 형식으로 표현하는 것. | 예술 | 기술 |

5 다음 빈칸에 들어갈 알맞은 낱말을 주제 어휘에서 찾아 쓰세요.

(1) (　　　　　)만으로 그려진 풍경화는 꼭 흑백 사진 같다.

(2) 이중섭의 소 그림은 소가 움직이는 듯 (　　　　)이 있다.

(3) 같은 (　　　　)를 선택하더라도 사람마다 다른 글을 쓴다.

(4) 갑자기 벌어진 일에 놀라 나는 (　　　　)이 빠질 것 같았다.

6 다음 밑줄 친 말과 뜻이 비슷한 낱말을 주제 어휘에서 찾아 쓰세요.

　　고려청자는 은은하면서도 투명한 푸른색을 띠고 있어요. 선이 부드럽고 도자기 표면에 동물과 식물, 사람 등을 실감 나게 표현한 것이 특징이에요. 고려청자 중에는 특히 상감 청자가 유명해요. '상감'이란 도자기 표면에 무늬를 새기고, 그 속에 다른 색깔의 흙을 채워 넣는 기법을 말해요. 고려청자에는 우리 민족의 정신이 담겨 있어요.

(　　　　　　　　)

4장

2개의 글을 연결해 재미있게 읽어요~

지성이면 감천

우리 **속담*** 중에 '지성이면 감천'이라는 말이 있다. 무언가에 **정성***을 다하면 하늘도 감동하여 도와준다는 뜻이다. 이 속담에는 한 이야기가 전해져 내려온다.

옛날 어느 마을에 지성이와 감천이가 살았다. 둘은 어릴 적 부모를 잃고 어렵게 살았다. 지성이는 다리에 힘이 없어 걷지 못하였고, 감천이는 눈이 보이지 않았다. 그래서 감천이는 다리가 아픈 지성이를 업어 주고, 지성이는 감천이의 길 안내를 해 주며 서로 도우며 지냈다.

어느 날, 두 사람이 산길을 가다 옹달샘에서 물을 마시는데, 그 속에서 커다란 금덩이를 발견했다. 마음씨 착한 두 사람은 금덩이를 서로에게 양보하였다. 그러다가 마침 지나가던 나그네에게 금덩이를 주었는데, 나그네의 눈에는 금덩이가 구렁이로 보였다. 다시 길 가던 사냥꾼을 만나 금덩이를 주었는데, 사냥꾼의 눈에는 금덩이가 돌멩이로 보였다. 사냥꾼은 돌멩이는 필요 없다며 금덩이를 둘로 나누어, 지성이와 감천이에게 사이좋게 하나씩 나누어 주었다.

한참 길을 가던 지성이와 감천이는 스님을 만나서 금덩이를 **시주***했다. 그러자 스님은 그 둘한테 **백일기도***를 하라고 권했다. 두 사람이 정성을 다해 백일기도를 하자, 지성이는 다리가 나아 벌떡 일어나고 감천이는 눈이 나아 번쩍 눈을 떴다. 그 후로 두 사람은 다른 사람을 도우면서 행복하게 살았다.

이 속담의 **교훈***은 무엇일까? 지성이는 걷지 못하고 감천이는 앞을 못 보는 힘든 상황에 처해 있었다. 그러나 두 사람은 서로를 도우며 힘든 상황을 이겨내려 애썼다. 그러자 하늘이 도와 금덩이를 주고, 백일기도를 통해 병이 낫게 되었다. 이 속담은 불가능해 보이는 일도 포기하지 않고 노력하면 이룰 수 있다는 교훈을 담고 있다.

어휘사전

* **속담** 옛날부터 전해 내려오는 지혜가 담긴 짧은 말.

* **정성**(精 찧을 정, 誠 정성 성) 온갖 힘을 다하려는 참되고 성실한 마음.

* **시주** 절이나 중을 도우려고 돈이나 곡식을 베푸는 것.

* **백일기도**(百 일백 백, 日 날 일, 祈 빌 기, 禱 빌 도) 목적을 가지고 백 일 동안 기도를 드림.

* **교훈**(敎 가르칠 교, 訓 가르칠 훈) 깨우치게 가르치는 것.

내용요약

글의 중심 내용을 생각하며 빈칸의 낱말을 써 보세요.

'지성이면 감천'이라는 ⬜⬜ 은 무언가에 정성을 다하면 하늘도 감동하여 도와준다는 뜻을 담고 있다.

1 이 글의 내용과 일치하지 <u>않는</u> 것은 무엇인가요? (   )

내용
이해

① 감천이는 앞을 보지 못했다.

② 지성이와 감천이는 서로 도우며 지냈다.

③ 지성이와 감천이는 금덩이를 보자 욕심이 앞섰다.

④ 지성이와 감천이는 옹달샘에서 금덩이를 발견했다.

⑤ 스님은 지성이와 감천이에게 백일기도를 하라고 권했다.

2 지성이와 감천이의 병이 나은 이유로 알맞은 것 두 가지를 골라 ○표 하세요.

추론
하기

(1) 스님의 말을 듣지 않았기 때문이다.

(   )

(2) 나그네에게 구렁이를 주었기 때문이다.

(   )

(3) 정성을 다해 백일기도를 했기 때문이다.

(   )

(4) 금덩이를 욕심 없이 스님에게 드렸기 때문이다.

(   )

3 '지성이면 감천'의 교훈을 잘 실천한 친구를 찾아 ○표 하세요.

적용
하기

(1) 달리기를 못해서 매일 연습했어. 그랬더니 실력이 늘어서 운동회에서 우승했어.

(   )

(2) 그림 그리기가 너무 싫어서, 잘 그리는 동생한테 그려 달라고 부탁했어.

(   )

(3) 피아노를 잘 친다고 칭찬받았어. 그래서 연습을 안 하고 게임만 했더니, 피아노 실력이 줄었어.

(   )

속담에 담긴 조상들의 지혜

속담은 한자어로 '풍속 속(俗)'에 '말씀 담(談)' 자를 쓴다. 풍속은 옛날부터 전해 오는 생활 모습을 뜻하므로 '속담'이란 '옛날부터 전해 오는 생활 모습이 담긴 말씀'이라는 의미이다. 이러한 속담을 많이 알아 두면 두 가지의 좋은 점이 있다. 먼저, 조상들의 삶의 모습과 풍속을 익히는 데 도움이 된다. 다음으로는 어떤 상황을 짧고 **재치*** 있는 구절로 표현할 수 있어서 좋다.

그러면 우리의 속담에는 어떤 것들이 있을까? 먼저, '낫 놓고 기역 자도 모른다'라는 속담이 있다. 여기 나오는 '낫'은 한글 'ㄱ'과 비슷하게 생겼는데, 옛날에 농사지을 때 풀을 베던 물건이다. 그래서 낫을 앞에 두고도 기역 글자를 못 알아보는 상황, 즉 무식하다는 뜻을 담고 있다.

다른 예로 '소 잃고 **외양간*** 고친다'라는 속담이 있다. 옛날 사람들은 소를 이용해서 농사를 지었으므로, 소가 매우 중요한 재산이었다. 낡은 외양간을 수리하는 데 들어가는 수고를 아끼다가, 소를 잃었으니 큰 **손해***를 입은 것이다. 그래서 이 속담은 할 일을 미루다가 손해를 보고 나서야 후회하는 것을 의미한다.

또 '가는 날이 장날'이라는 속담이 있다. '장날'은 시장이 서는 날이다. 지금은 매일매일 시장이 열리지만, 옛날에는 며칠에 한 번씩 시장이 열렸다. 어떤 사람이 친구에게 볼일이 있어 찾아갔는데, 마침 그날이 장날이라 친구를 만나지 못했다. 이처럼 어떤 일을 할 때 뜻밖의 상황이 벌어지면 '가는 날이 장날'이라 말한다.

이처럼 우리 속담 속에는 옛사람들의 삶의 모습과 인생의 **지혜***가 담겨 있다. 그래서 오랜 세월 입에서 입으로 전해지며 지금도 널리 쓰이고 있다.

어휘사전

＊ **재치** 눈치가 빠르게 행동하는 재주.

＊ **외양간** 소나 말을 기르던 곳.

＊ **손해** 돈이나 재산을 잃거나 나쁜 일을 당함.

＊ **지혜**(智 지혜 지, 慧 슬기로울 혜) 경험이 많거나 세상의 도리를 잘 알아서 어떤 일을 올바르게 풀어 나가는 힘.

내용요약

글의 중심 내용을 생각하며 빈칸의 낱말을 써 보세요.

> 속담은 옛날부터 전해 오는 생활 모습이 담긴 말씀이다. 속담을 통해 우리는 옛사람들의 삶의 모습과 인생의 [ㅈ][ㅎ] 를 배울 수 있다.

1

중심
내용

이 글을 쓴 주된 목적은 무엇인가요? (   )

① 옛 풍속에 대해 소개하려고

② 속담의 장단점을 소개하려고

③ 속담을 만든 사람들을 소개하려고

④ 속담을 사용하는 방법을 설명하려고

⑤ 속담에 조상들의 지혜가 담겨 있음을 알리려고

2

내용
이해

이 글의 내용과 일치하지 <u>않는</u> 것은 무엇인가요? (   )

① 속담은 입에서 입으로 전해져 내려왔다.

② 오늘날에는 속담을 거의 사용하지 않는다.

③ 속담은 상황을 짧고 재치 있게 표현할 수 있다.

④ 속담을 통해 조상들의 삶의 모습을 알 수 있다.

⑤ 속담을 알아 두면 조상들의 풍속을 익히는 데 도움이 된다.

3

적용
하기

다음 상황에서 쓸 수 있는 속담을 이 글에서 찾아 쓰세요.

> 영하는 책가방 지퍼를 꼭 닫지 않고 다니는 버릇이 있다. 부모님은 영하에게 덜렁대는 성격을 고치지 않으면 나중에 후회하게 될 거라고 입이 아프도록 말씀하셨다. 어느 날 영하는 집에 와서 친구에게 선물로 받은 필통이 가방에 없는 것을 알았다. 늘 그랬듯 책가방 지퍼가 열려 있었다. 영하는 학교까지 되돌아가며 필통을 찾아보았지만, 결국 찾지 못했다. 그 뒤로는 가방 지퍼를 꼭꼭 닫고 다니게 되었다.

(   )

1 생각주제와 관련된 앞의 두 글을 읽고 내용을 정리해 보세요.

> **속담에 담긴 조상들의 지혜**

속담의 뜻	옛날부터 전해 오는 생활 모습이 담긴 ☐ㅁ ☐ㅆ
속담의 좋은 점	• 조상들의 삶의 모습과 풍속을 익히는 데 도움이 됨. • 어떤 상황을 짧고 재치 있는 구절로 표현할 수 있음.
속담의 예	• 낫 놓고 기역 자도 모른다 　　• 소 잃고 외양간 고친다 • 가는 날이 장날

> **지성이면 ☐ㄱ ☐ㅊ**

　몸이 불편한 지성이와 감천이가 서로 도우며 지내다가 금덩이를 얻어 스님에게 시주하고 백일기도를 드린 뒤 지성이는 다리가 낫고, 감천이는 눈이 나음. 이 이야기에서 정성을 다하면 하늘도 도와준다는 뜻의 '지성이면 감천'이라는 속담이 만들어짐.

2 다음 중 속담이 <u>아닌</u> 것을 골라 ◯표 하세요.

(1) 우물 안 개구리	(2) 소 잃고 외양간 고친다
(3) 가는 말이 고와야 오는 말이 곱다	(4) 열심히 노력하면 하늘도 도와준다

3 가장 기억에 남는 속담과 그 까닭을 써 보세요.

　가장 기억에 남는 속담은 ✎ _____

_____

_____

주제 어휘	속담	정성	교훈	재치	지혜

4 다음 뜻에 알맞은 주제 어휘에 ○표 하세요.

(1) 깨우치게 가르치는 것.　　　　　　　　　　　　　보훈 | 교훈

(2) 온갖 힘을 다하려는 참되고 성실한 마음.　　　　정성 | 정상

(3) 옛날부터 전해 내려오는 지혜가 담긴 짧은 말.　　만담 | 속담

(4) 경험이 많거나 세상의 도리를 잘 알아서 어떤 일을 올바르게 풀어 나가는 힘.

지식 | 지혜

5 다음 빈칸에 들어갈 알맞은 낱말을 주제 어휘에서 찾아 쓰세요.

(1) 아픈 어머니를 (　　　　　)을 다해 돌보았다.

(2) 장독대에는 옛사람들이 음식을 보관하던 (　　　　　)가 담겨 있다.

(3) 속담은 조상들의 지혜를 단 한 문장으로 (　　　　　) 있게 표현한 말이다.

(4) 나쁜 버릇을 고치지 않으면 '세 살 버릇 여든까지 간다'라는 (　　　　　)처럼 될 수 있다.

6 다음 밑줄 친 말과 뜻이 비슷한 낱말을 주제 어휘에서 찾아 쓰세요.

'말 한 마디에 천 냥 빚도 갚는다'라는 속담이 있다. 옛날에는 돈을 '냥'으로 세었다. 천 냥은 매우 큰돈을 의미한다. 이 속담은 우리가 하는 말은 사는 데 큰 영향을 끼치니 말할 때 조심해야 한다는 <u>가르침</u>을 담고 있다.

(　　　　　　　　　　)

알면 보물 모르면 고물, 지도

알면 보물
모르면 고물,
지도
글 양대승
아르볼

어휘사전

＊**지도**(地 땅 지, 圖 그림 도) 지구의 표면을 일정한 비율로 줄여서, 평면에 나타낸 그림.

＊**암호** 비밀을 유지하기 위해 만든 약속 기호.

＊**방위**(方 모 방, 位 자리 위) 동서남북을 기준으로 삼아서 정한 방향.

＊**기호** 어떠한 뜻을 나타내기 위하여 쓰이는 표시.

＊**축척** 지도에서의 거리와 실제 거리와의 비율.

＊**등고선** 지도에서 높이가 같은 지점을 연결한 곡선.

"그럼 이제 저 **지도**＊에 표시된 보물을 찾으러 가 볼까?"

삼촌은 보물 지도를 보며 큰소리쳤어요.

"이 지도를 보고 어떻게 보물을 찾을 수 있어요? 그 주변을 다 뒤져야 하는 거예요?"

"우리 동네를 다 돌기도 힘든데 어떻게 다 돌아다녀? 그건 말도 안 되지."

"그럼 어떻게 보물을 찾아요? 저 지도만 봐서는 잘 모르겠는데……."

"이 지도에는 **암호**＊가 숨어 있단다. 그 암호를 풀어내면 보물이 있는 위치를 정확히 알 수 있어. 이미 내가 그 암호들을 다 풀었으니 걱정 말고 따라오기나 해!"

"글쎄 아무것도 없는 것 같은데…… 그 암호가 뭐예요?"

"좋아. 설명해 줄 테니 잘 들어! 지도에는 정해진 약속들이 있어. 누구든 지도를 보고 길을 찾아가야 하기 때문에 지도는 마음대로 그리는 것이 아니라 미리 정해진 약속대로 그려야 하지. 그 약속에는 **방위**＊, **기호**＊, **축척**＊, **등고선**＊ 등이 있단다."

나는 삼촌이 지도의 암호를 하나하나 풀어내는 것이 신기했어요.

"좋아 보물을 찾으러 출발!"

우리는 마침내 보물 표시가 그려진 바위 밑을 파 보았어요. 그 밑에는 정말 보물 상자가 있었어요. 삼촌은 조심스럽게 보물 상자를 열었어요.

"이게 뭐야?" 보물 상자 안에는 ㉠<u>웬 종이 한 장</u>이 들어 있었어요.

휴가는 잘 보내고 있나? 자네라면 내가 준 지도를 보고 보물을 찾으러 올 것이라고 믿었지.

사실 그건 보물 지도가 아니라네. 휴가 기간에 집에만 있을 것이 뻔한 자네를 위해 내가 장난을 좀 친 거야. 실망했겠군.

그렇다면 내가 좋은 소식을 알려 주지. 자네가 이번에 최우수 직원으로 뽑혔네. 휴가 마치고 돌아오면 표창도 받을 거고, 승진도 하게 될 거야. 어때? 이 정도면 보물이라고 할 수 있지?

1 이 글에서 중심이 되는 내용은 무엇인가요? (   )

중심
내용

① 삼촌의 휴가

② 삼촌의 승진

③ 삼촌과 보물 찾기

④ 삼촌과 우리 동네

⑤ 삼촌과 나의 실망감

2 이 글에서 삼촌은 보물의 위치를 어떻게 찾아냈나요? (   )

내용
이해

① 사진을 보고서 찾았다.

② 주변을 다 뒤져서 찾았다.

③ 지도의 암호를 풀어서 찾았다.

④ '나'에게 힌트를 얻어서 찾았다.

⑤ 지도를 뚫어지게 쳐다봐서 찾았다.

3 ㉠에 담긴 내용으로 볼 때, 진짜 보물로 알맞은 것의 기호를 쓰세요.

내용
이해

㉮ 지도에 표시된 바위 밑의 보물 상자

㉯ 삼촌이 회사에서 최우수 직원으로 뽑혀서 상을 받고 승진하는 것

(   )

4 이 글의 내용으로 보아, 다음 중 지도에 해당하는 것을 찾아 번호를 쓰세요.

추론
하기

(1)

(2)

(3)

(   )

지도란 무엇일까?

알면 보물
모르면 고물,
지도

글 양대승
아르볼

지도는 '땅 지(地)'와 '그림 도(圖)'가 합쳐진 말이에요. 그러니까 지도는 땅을 그린 그림이라고 할 수 있지요. 하지만 땅을 그린 그림이라고 해서 다 지도는 아니에요. 지도의 정확한 뜻은 '약속한 기호를 사용하여 지구 **표면***의 일부나 전부를 일정한 **비율***로 줄여 평면에 나타낸 것.'을 말하지요. 지도에는 몇 가지 원칙이 있어요. 어떤 것들이 있는지 살펴볼까요?

1. 지도는 줄여서 그린다.

지도는 실제보다 작게 줄여서 그려야 해요. 그렇다고 아무렇게나 줄여 그려서는 안 돼요. 어떤 곳은 조금만 줄이고, 어떤 곳은 엄청 많이 줄여서 제멋대로 그려 놓으면 지도를 봐도 실제 모습을 알 수 없겠지요. 지도는 모두 일정한 비율로 똑같이 줄여야 한답니다. 그래야 지도를 보고 거리나 넓이 등을 정확하게 알 수 있어요.

2. 지리 정보를 담고 있어야 한다.

땅의 모양을 그린 그림이라고 해서 무조건 지도가 아니에요. 지도는 땅 위에 있는 길, 건물, 강산 등 여러 가지 지리 정보를 담고 있어야 해요. 지리 정보란 산·강·계곡 같은 땅의 모양(지형), 학교·집 같은 땅 위에 있는 것들, 과수원·밭 같은 땅을 이용하고 있는 **용도*** 등을 말해요.

3. 지도는 **방향***을 알려 준다.

풍경화를 보고는 방향을 제대로 알 수 없지요. 하지만 지도를 보면 어느 방향으로 가야 하는지 알 수 있어요. 지도에는 방향이 표시되어 있거든요. 이를 방위라고 하는데, 방위는 동서남북의 방향을 말하지요.

4. 기호로 나타낸다.

㉠지도는 크기를 줄여서 그리기 때문에 산이며, 집, 학교 등을 간단한 모양으로 바꿔서 그려야 해요. 작은 종이에 건물, 다리, 산 등을 실제 모양 그대로 그린다면 지도를 만들기 정말 어렵겠지요. 애써 지도를 만들어도 너무 복잡해서 사람들이 알아보기 힘들 거예요. 그래서 지도에는 간단하게 표시하는 기호들이 사용되어요.

어휘사전

* **표면**(表 겉 표, 面 낯 면) 사물의 가장 바깥쪽이나 윗부분.

* **비율**(比 견줄 비, 率 율 율) 둘 이상의 수를 비교할 때 그중 한 수를 기준으로 하여 일정하게 늘이거나 줄여서 나타낸 다른 수.

* **용도** 쓰이는 곳.

* **방향**(方 모 방, 向 향할 향) 어떤 방위를 향한 쪽.

1

중심
내용

이 글에서 설명하는 대상은 무엇인가요?   (   )

① 기호   ② 지구   ③ 지도

④ 거리   ⑤ 넓이

2

내용
이해

이 글의 내용과 일치하는 것을 고르세요.   (   )

① 지도를 보면 방위는 알 수가 없다.

② 지도는 실제보다 크게 그려야 한다.

③ 땅 모양을 그렸으면 모두 지도이다.

④ 지리 정보란 땅 모양과 땅을 쓰는 용도 등이다.

⑤ 지도에서 집이나 학교는 실제와 똑같이 그린다.

3

적용
하기

다음을 ㉮의 방법으로 나타낸 것을 찾아 각각 선으로 이으세요.

(1) ┌─────┐
    │ 산 │ •
    └─────┘

• ㉠

(2) ┌─────┐
    │ 학교 │ •
    └─────┘

• ㉡

4

비판
하기

이 글을 통해 알게 된 것을 바르게 말한 것을 골라 기호를 쓰세요.

┌───┐
│ ㉠ 지도에 무엇이 담겨 있는지 알 수 있어서 지도를 읽을 수 있어.   │
│ ㉡ 우리나라에서 지도가 언제 만들어졌는지 그 역사를 알게 되었어.   │
└───┘

(   )

1 생각주제와 관련된 앞의 두 글을 읽고 내용을 정리해 보세요.

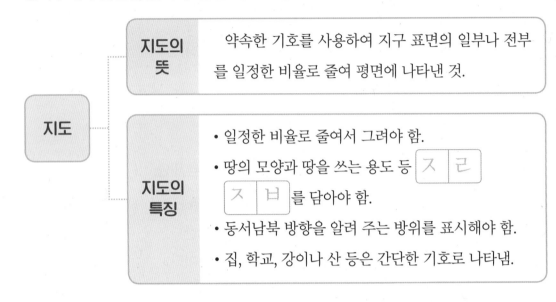

지도

지도의 뜻
　약속한 기호를 사용하여 지구 표면의 일부나 전부를 일정한 비율로 줄여 평면에 나타낸 것.

지도의 특징
• 일정한 비율로 줄여서 그려야 함.
• 땅의 모양과 땅을 쓰는 용도 등 [ㅈ][ㄹ] [ㅈ][ㅂ] 를 담아야 함.
• 동서남북 방향을 알려 주는 방위를 표시해야 함.
• 집, 학교, 강이나 산 등은 간단한 기호로 나타냄.

2 다음 두 친구가 지도를 이용하는 방법으로 알맞은 것에 ○표 하세요.

처음 가는 길이니까 지도를 보면서 가야겠어.

근처에 병원이 어디에 있는지 지도로 찾아봐야겠어.

(1) 지도의 그림을 감상하고 있다.

(2) 지도를 통해 길이나 건물을 찾고 있다.

3 지도를 이용하는 까닭에 대한 자신의 생각을 써 보세요.

지도를 이용하는 까닭은 ✎

_____

_____

주제 어휘	지도	방위	기호	표면	비율

4 다음 뜻에 알맞은 **주제 어휘**에 ○표 하세요.

(1) 사물의 가장 바깥쪽이나 윗부분. 　　　　　　　　　　　 표준 　 표면

(2) 어떠한 뜻을 나타내기 위하여 쓰이는 표시. 　　　　　　　 기호 　 암호

(3) 지구의 표면을 일정한 비율로 줄여서, 평면에 나타낸 그림. 　 지리 　 지도

(4) 둘 이상의 수를 비교할 때 그중 한 수를 기준으로 하여 일정하게 늘이거나 줄여
서 나타낸 다른 수. 　　　　　　　　　　　　　　　　　 비율 　 압축

5 다음 빈칸에 공통으로 들어갈 낱말을 **주제 어휘**에서 찾아 쓰세요.

(1)
> • _____는 동서남북으로 나타낸다.
> • 지도에 _____ 표시가 없으면 위쪽은 북쪽이다.

→ □□

(2)
> • 지도에서 병원은 십자가 모양의 _____로 나타낸다.
> • 지도를 보고 길을 찾으려면 지도에 표시된 _____의
>   의미를 알아야 한다.

→ □□

6 다음 밑줄 친 말과 뜻이 비슷한 낱말을 **주제 어휘**에서 찾아 쓰세요.

> 　바람은 계절마다 부는 위치가 다르다. 그래서 계절마다 바람의 이름이 다양하
> 다. 봄에는 동쪽에서 바람이 불어오는데, 날이 새는 쪽에서 부는 바람이라는 뜻
> 으로 '샛바람'이라고 한다. 남쪽에서 바람이 불어오는 여름 바람은 '마파람'이라
> 고 한다. 가을에 서쪽에서 불어오는 바람은 '하늬바람'이라고 부른다. 겨울에는
> 북쪽에서 차가운 바람이 부는데 이 바람은 '뒤바람'이라 부른다.

(　　　　　　　　)

일기 예보

날씨는 우리 생활과 밀접한 관련이 있다. 그날의 날씨 예보를 보고 어떤 옷을 입을지, 우산을 준비할지 말지를 결정한다. 또 비가 많이 오거나 태풍이 오면 외출이나 여행 계획을 바꾸기도 한다. **일기*** **예보***는 앞으로의 날씨를 미리 알려 주는 것을 말한다.

그렇다면 최초의 일기 예보는 언제, 어디서 시작되었을까? 일기 예보는 1853년부터 1856년까지 유럽에서 벌어진 크림 전쟁 때 프랑스에서 처음 시작되었다. 크림 전쟁은 영토를 넓히려는 러시아가 영국, 프랑스 등의 나라와 크림반도를 두고 싸운 전쟁이다. 크림반도에서 러시아와 프랑스가 싸우던 중 큰 폭풍이 일어나 프랑스 함대가 침몰하게 됐다. 그러자 프랑스에서는 유럽의 여러 관측소의 기상 기록을 모아서 폭풍의 이동에 대해 조사했다. 이것이 첫 일기 예보였다.

오늘날에는 텔레비전 뉴스나 인터넷, 스마트폰의 날씨 **앱***, 신문 등을 이용하여 일기 예보를 확인할 수 있다. 일기 예보는 기온, 바람의 방향과 속도, 비나 눈, 구름의 양 같은 **기상*** 정보를 자세히 전해 준다.

기온과 날씨 외에 일기 예보에서 알려 주는 정보에는 어떤 것이 있을까? 안개가 끼는지, 황사가 오는지, 태풍이 오는지, 밀물과 썰물의 시각 등도 중요한 항목이다. 이런 예보들은 특히 배나 비행기를 **운항***하는 데 중요하다. 요즘은 날씨를 우리의 생활과 연관 짓는 여러 종류의 '지수'들이 있다. 예를 들어 오늘 빨래를 해도 좋을지를 알려 주는 빨래 지수, 외출을 해도 좋을지를 알려 주는 외출 지수 등이다.

어휘사전

* **일기**(日 날 일, 氣 기운 기) 개거나 흐리거나 비가 오거나 하는 등의 기상 상태.

* **예보**(豫 미리 예, 報 알릴 보) 앞으로 일어날 일을 미리 알림.

* **앱**(app) 스마트폰에서 사용할 수 있는 다양한 프로그램.

* **기상**(氣 기운 기, 象 모양 상) 비, 눈, 바람, 구름, 더위, 추위 같은 날씨를 두루 이르는 말.

* **운항** 배나 비행기가 정해진 길을 다니는 것.

내용요약

글의 중심 내용을 생각하며 빈칸의 낱말을 써 보세요.

ㅇㄱ ㅇㅂ 는 앞으로의 날씨를 미리 알려 주는 것으로, 우리는 이를 통해서 비가 올지 맑을지, 더울지 추울지 등을 미리 알 수 있다.

1

내용
이해

이 글에 나타나지 <u>않은</u> 내용은 무엇인가요? (   )

① 일기 예보의 뜻

② 일기 예보의 유래

③ 일기 예보와 지수

④ 일기 예보의 정확성

⑤ 일기 예보를 통해 알 수 있는 정보

2

추론
하기

다음 **보기**를 읽고 빨래하기에 가장 좋은 요일은 언제인지 기호를 쓰세요.

┤ 보기 ├

빨래 지수는 오전 9시부터 오후 3시까지의 날씨를 예상하여 빨래가 얼마나 잘 건조되는지를 지수로 나타낸 것이다. '가장 적당'한 날은 3시간만에 빨래가 마르고, '적당'한 날은 4시간, '가능'한 날에는 5시간만에 빨래가 마른다.

빨래 지수	80 이상	70~60	50~40	30 이하
빨래 여부	가장 적당	적당	가능	부적당

㉠ 비가 내리고 빨래 지수가 30인 월요일

㉡ 구름이 끼고 빨래 지수가 50인 화요일

㉢ 종일 해가 뜨고 빨래 지수가 70인 수요일

(   )

3

적용
하기

다음 **보기**의 일기 예보에서 알 수 있는 내용을 두 가지 찾아 기호를 쓰세요.

┤ 보기 ├

안녕하세요. 오늘의 날씨를 알려 드리겠습니다. 오늘 최고 기온은 20도, 최저 기온은 9도로 예상됩니다. 일교차가 큰 만큼 감기 조심하시기 바랍니다. 오늘은 맑은 날씨가 이어집니다. 다만 저녁에 소나기가 내릴 예정입니다. 늦은 시간에 외출하시는 분들은 우산을 챙기시길 바랍니다.

㉠ 기온   ㉡ 비나 눈   ㉢ 구름의 양   ㉣ 바람의 방향

(   )

일기도와 기상 관측

텔레비전에서 일기 예보 방송을 본 적이 있을 것이다. **기상 캐스터***가 여러 가지 **기호***나 숫자, 곡선이 그려진 지도를 보여 주면서 설명한다. "XX 지역은 고기압이어서 맑을 예정이고, ○○ 지역은 바람이 세게 불 예정입니다. 바람에 유의하시고 미리 대비하시기 바랍니다."라고 말이다. 우리는 이 설명을 들으면 날씨가 어떨지 쉽게 알 수 있다. 하지만 같이 보여 주는 지도는 쉽게 이해하기 어렵다.

일기도는 어느 지역의 날씨를 한눈에 볼 수 있도록 나타낸 지도이다. 일기도를 보면 암호처럼 보이는 ㉠숫자와 기호들만 가득한데 이것을 보고 어떻게 날씨 정보를 알 수 있을까? 암호처럼 보이지만 이 기호에는 기온, 바람, 구름 등의 정보가 담겨 있다. 이 기호의 의미를 알면 전문가가 아니어도 바람은 어느 쪽에서 어떤 속도로 부는지, **기압***은 얼마인지, 기온은 몇 도인지, 날씨가 맑은지 흐린지 알 수 있다.

그렇다면 일기도는 어떻게 만드는 것일까? 일기도를 만들기 위해서는 먼저 일기도에 표시되는, 날씨와 관련된 여러 가지 사실들을 관찰하고 측정해야 한다. 이를 기상 **관측***이라고 한다. 일기도에 표시하고자 하는 지역의 곳곳에 기상 관측소를 설치하고 기온, 습도, 풍향, 풍속, 구름의 양 등을 시시각각 측정해야 한다. 오늘날은 과학 기술의 발달로 기상 관측소에서 첨단 장비를 이용하여 날씨 정보를 **광범위***하게 수집한다. 이를 바탕으로 분석하고 예측하기 때문에 비교적 정확한 날씨를 미리 알 수 있다.

어휘사전

* **기상 캐스터** 텔레비전 방송에서, 바람, 구름, 비 등 날씨 정보를 해설하는 사람.

* **기호**(記 기록할 기, 號 부르짖을 호) 어떤 뜻을 나타내기 위하여 쓰이는 부호, 문자 등.

* **기압**(氣 기운 기, 壓 누를 압) 공기가 누르는 힘.

* **관측**(觀 볼 관, 測 잴 측) 자연 현상이나 기상 상태를 관찰하여 측정하는 일.

* **광범위** 범위가 넓은 것.

내용요약

글의 중심 내용을 생각하며 빈칸의 낱말을 써 보세요.

일기 예보를 할 때는 약속된 기호를 이용하여 날씨 상태를 한눈에 알 수 있도록 그린 | ㅇ | ㄱ | ㄷ |를 활용한다. 과거에 비해 기상 관측 기술이 발달하여 비교적 정확한 날씨를 예측하게 되었다.

1 일기도에 대한 설명으로 알맞지 <u>않은</u> 것은 무엇인가요? (   )

내용
이해

① 일기도에는 미리 약속된 기호가 쓰인다.

② 일기도의 기호의 의미를 알면 날씨를 알기 쉽다.

③ 일기도를 해석하는 것은 기상 전문가만 가능하다.

④ 일기 예보 방송을 할 때 보통 일기도를 함께 보여 주며 설명한다.

⑤ 일기도를 보면 바람의 세기와 방향, 기온과 기압 등을 알 수 있다.

2 이 글의 내용을 바탕으로 일기 예보를 하는 순서에 알맞게 번호를 쓰세요.

추론
하기

(1)	기상 캐스터가 날씨에 대한 정보를 알려 주는 일기 예보 방송을 한다.
(2)	기상 관측소에서 평소에 계속하여 기온, 습도, 풍향, 풍속 등을 측정하고 수집한다.
(3)	수집한 기상 데이터를 과학적으로 분석하여 미래의 날씨를 예측한다.

(   ) → (   ) → (   )

3 다음 **보기**의 대화에서 ㉠에 대한 답변으로 가장 알맞은 것을 골라 기호를 쓰세요.

적용
하기

┤ **보기** ├

아들: ㉮뉴스에 나오는 일기도를 봐도 뭐가 뭔지 잘 모르겠어요.

아빠: 그래? 일기도에 나오는 기호를 읽을 줄 몰라서 그래.

아들: 아빠, ㉯일기도는 전문적으로 날씨를 예측하는 사람들만 보면 되는 것 아니에요?

아빠: 그렇지 않단다. 일기도에 쓰이는 기호를 알아 두면 필요할 때 날씨를 예측하기 좋지. 저기 지도에서 둥그런 선이 구불구불 연결된 게 보이지? ㉰그게 기압이 같은 곳을 연결한 등압선이거든.

아들: 아하! ㉱약속한 기호들이 있으니까, 일기도를 보고 날씨를 쉽게 알 수 있는 거네요.

(   )

주제 정리 **1** 생각주제와 관련된 앞의 두 글을 읽고 내용을 정리해 보세요.

|ㅇ|ㄱ|

그날그날의 날씨 상태

일기 예보

• 앞으로의 날씨를 미리 알려 줌.
• 기온, 바람, 비, 구름과 같은 날씨 정보가 담겨 있어서 생활을 편리하게 해 줌.
• 평소에 |ㄱ|ㅅ| 을 관측하여 정보를 수집하고, 이를 분석하여 날씨를 예측함.

일기도

• 어느 지역의 날씨 상태를 한눈에 볼 수 있도록 한 지도.
• 기온, 바람, 구름 등의 기상 요소를 숫자나 기호로 약속하여 표시함.
• 일기도를 통해 바람의 풍속과 방향, 맑고 흐린 정도, 기압 등의 자세한 날씨 정보를 알 수 있음.

2 일기 예보에 대한 설명으로 알맞은 것 두 가지에 ○표 하세요.

(1) 일기 예보로 황사가 오는지 알 수 있다.

(2) 일기 예보로 태풍이 오는지 알 수 없다.

(3) 일기 예보는 텔레비전 뉴스로만 확인할 수 있다.

(4) 최초의 일기 예보는 크림 전쟁 때 폭풍을 예보한 것이다.

3 일기 예보로 알 수 있는 기상 정보를 써 보세요.

일기 예보를 통해 알 수 있는 기상 정보는 ✎

| 주제
어휘 | 일기 | 예보 | 기상 | 기호 | 기압 | 관측 |

4 다음 뜻에 알맞은 주제 어휘에 ○표 하세요.

(1) 공기가 누르는 힘.   기압   혈압

(2) 앞으로 일어날 일을 미리 알림.   경보   예보

(3) 개거나 흐리거나 비가 오거나 하는 등의 기상 상태.   일기   일상

(4) 어떤 뜻을 나타내기 위하여 쓰이는 부호, 문자 등.   기호   기술

5 다음 빈칸에 공통으로 들어갈 낱말을 주제 어휘에서 찾아 쓰세요.

(1)
- 한여름에 눈이 내리는 [　　　] 이변이 일어났다.
- 이 지역은 하루에도 여러 번 날씨가 바뀔 정도로 [　　　] 변화가 심하다.

→ [　|　]

(2)
- 기상청에서는 날씨를 매일 [　　　]해서 데이터를 쌓아 둔다.
- 평소에 바람, 기온 등을 [　　　]해 두면 일기도를 만드는 데 활용할 수 있다.

→ [　|　]

6 다음 문장의 밑줄 친 말과 바꿔 쓸 수 있는 낱말에 ○표 하세요.

(1) 지도에서 십자가 표시는 병원을 나타낸다.   → 기호   기대

(2) 오늘은 날씨가 좋지 않아 소풍이 취소되었다.   → 기상   기회

북극곰의 편지

여러분 안녕? 나는 북극에 살고 있는 북극곰이에요. 내가 사는 북극은 일 년 내내 춥고, 새하얀 눈과 얼음으로 뒤덮인 곳이에요. 나는 차가운 눈과 얼음을 정말 좋아해요. 내 몸을 덮고 있는 하얀 털과 닮았기 때문이지요.

북극에는 나 말고도 여러 동물이 살고 있어요. 북극여우, 북극토끼, 북극순록 등이 이곳에서 나고 자랐지요. 모두 추운 것을 좋아하는 친구들이에요.

그런데 우리는 이곳 북극의 얼음이 녹고 있어서 걱정이 많아요. 북극에는 커다란 얼음이 바다 위를 떠다니는 빙하가 있어요. 나는 빙하 위에서 살고 있었는데 지구가 따뜻해져서 빙하가 자꾸만 녹아 버려서 살 곳을 잃어버리게 되었지요. 그리고 바닷물의 높이도 높아지고 있어요.

나와 친구들은 빙하가 사라지자 먹을 것을 구할 수가 없어요. 그러자 배고픔에 굶주린 친구들은 하나둘씩 이곳을 떠나기 시작했어요. 눈밭과 얼음 위에서 즐겁게 뛰어놀던 친구들이 사라지자, 너무 쓸쓸해졌답니다.

북극의 빙하가 녹고, 기후가 변하는 원인은 바로 **지구 온난화*** 때문이라고 해요. 왜냐하면 사람들이 사용하는 **화석 연료***를 태우면 **온실가스***가 많이 나와 지구가 뜨거워지기 때문이지요.

다행히 지구의 많은 사람이 온실가스를 줄이기 위해 노력하고 있다고 들었어요. 화석 연료 대신에 바람이나 태양열 등을 이용해서 전기를 얻고, 온실가스를 **배출***할 수 있는 권리인 '탄소 배출권'을 만들었다는 소식은 무척 반가웠지요. 이런 노력이 모여서 하루빨리 북극이 추운 날씨를 되찾았으면 좋겠어요.

어휘사전

*지구 온난화 지구의 기온이 높아지는 현상.

*화석 연료 생물이 땅속에 묻혀 화석같이 굳어져 오늘날 연료로 이용하는 물질.

*온실가스 지구 대기를 오염시켜 온실 효과를 일으키는 가스.

*배출 불필요한 물질을 밖으로 내보내는 것.

내용요약

글의 중심 내용을 생각하며 빈칸의 낱말을 써 보세요.

북극곰은 빙하가 녹자 살 곳을 잃고, 먹을 것도 구할 수 없게 되었다. 빙하가 녹은 원인은 사람들이 화석 연료를 많이 써서 ㅇ ㅅ ㄱ ㅅ 가 많아졌기 때문이다.

1 북극의 빙하가 녹게 된 원인이 무엇인지 골라 쓰세요.

중심 내용

| 태양열 | 지구 온난화 | 탄소 배출권 |

(   )

2 빙하가 녹은 후 북극에서 일어난 변화로 알맞은 것은 무엇인가요? (   )

내용 이해

① 바닷물의 높이가 낮아졌다.
② 살 곳이 더 많아지게 되었다.
③ 다양한 동물이 모여 살게 되었다.
④ 동물들은 먹을 것이 없어 굶주렸다.
⑤ 북극 날씨가 예전보다 더 추워졌다.

3 다음 **보기**에서 설명하는 것으로 알맞은 것을 찾아 기호를 쓰세요.

추론 하기

┤ **보기** ├

배출할 수 있는 온실가스의 양을 정해 놓은 것을 의미한다. 정해진 양보다 적게 배출하면 남은 것을 다른 데 팔 수 있다. 또 온실가스를 원래보다 더 많이 배출하려면 이것을 사야 한다.

㉠ 온실가스를 배출할 수 있는 권리인 탄소 배출권
㉡ 물건을 만드는 데 쓰이는 이산화 탄소의 양을 뜻하는 탄소 발자국

(   )

방귀를 뀌면 내는 세금?

소가 방귀를 뀌거나 트림을 하면 돈을 내야 한다. 바로 '소 방귀세'이다. 소가 방귀를 뀌면 환경을 오염시키기 때문에 **세금**[*]을 매기는 것이다. 에스토니아는 가장 먼저 소 방귀에 세금을 매긴 나라이다. 그리고 덴마크, 아일랜드, 뉴질랜드에서도 **가축**[*]을 키우면 세금을 내기로 하였다. 왜 이런 제도가 생겼을까?

소가 풀이나 사료를 먹으면 소화하는 과정에서 음식이 분해되면서 **메탄가스**[*]가 생긴다. 메탄가스는 방귀나 트림으로 밖으로 나오게 된다. 메탄가스는 지구 온난화를 일으키는 온실가스의 하나이다. 지구에 온난화를 일으키는 가장 큰 원인인 이산화 탄소보다 온도를 높이는 효과가 80배나 된다.

세계 각국의 식량과 농산물을 관리하는 **국제기구**[*]에서 지구의 온도를 올리는 큰 원인 중 하나가 **축산업**[*]이라고 밝혔다. 가축을 키워 고기, 우유, 달걀 등을 만들어 내는 과정에서 안 좋은 물질이 나오기 때문이다. 그래서 소 방귀세는 지구의 온도를 올리는 축산업을 줄이기 위해, 가축에서 나오는 메탄가스에 세금을 매긴 것이다.

만약 지구 온난화가 계속되면 지구의 날씨가 변하면서 인류와 동식물들이 살아가기 점점 어려워진다. 또 바닷물의 높이가 높아져 세계 여러 나라의 도시들이 물에 잠기는 등 여러 가지 피해가 발생할 것이다.

그래서 소 방귀세 이외에도 가축에서 나오는 메탄가스를 줄이기 위해 전 세계에서 여러 연구가 진행되고 있다. 사료의 성분을 바꾸거나 특정 물질을 넣어 메탄가스를 적게 만드는 사료를 만들고 있다.

어휘사전
* **세금** 나라의 온갖 일을 하는 데 드는 비용을 마련하기 위해 국민이 소득의 일부를 내는 것.
* **가축**(家 집 가, 畜 가축 축) 사람이 집에서 기르는 짐승.
* **메탄가스**(methane gas) 불을 붙이면 파란 불꽃을 내는, 색깔과 냄새가 없는 기체.
* **국제기구** 여러 나라들이 서로 이롭게 하기 위해서 만든 조직.
* **축산업** 가축을 기르는 산업.

내용요약
글의 중심 내용을 생각하며 빈칸의 낱말을 써 보세요.

소가 음식을 먹고 소화하는 과정에서 생기는 | ㅁ | ㅌ | ㄱ | ㅅ | 에 대해 세금을 내는 것을 '소 방귀세'라고 한다. 축산업은 지구의 온도를 올리는 큰 원인 중 하나이다.

1

중심
내용

이 글의 내용으로 바르지 <u>않은</u> 것은 무엇인가요? (   )

① '소 방귀세'는 소 방귀에 세금을 매긴 것이다.

② '소 방귀세'를 가장 많이 거두는 나라는 우리나라이다.

③ '소 방귀세'가 생긴 것은 가축에서 나오는 메탄가스 때문이다.

④ '소 방귀세'가 있는 나라는 덴마크, 아일랜드, 뉴질랜드 등이다.

⑤ '소 방귀세'는 지구 온난화의 원인 중 하나인 축산업을 줄이기 위해 생겼다.

2

내용
이해

소가 사료를 먹고 소화하는 과정입니다. 빈칸에 공통으로 들어갈 말은 무엇인지 이 글에서 찾아 네 글자로 쓰세요.

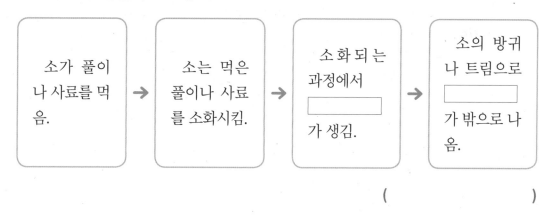

소가 풀이나 사료를 먹음. → 소는 먹은 풀이나 사료를 소화시킴. → 소화되는 과정에서 [   ]가 생김. → 소의 방귀나 트림으로 [   ]가 밖으로 나옴.

(   )

3

비판
하기

이 글을 읽고 생각하거나 느낀 점을 알맞게 말하지 <u>못한</u> 친구의 이름을 쓰세요.

소 방귀는 지구 온난화를 일으키니, 소를 한 마리도 키우면 안 돼.

소희

지구 온난화는 인류 전체의 문제니까 소 방귀에 세금을 매기는 것은 당연해.

석이

메탄가스에 세금을 매기는 것도 필요하지만, 소고기와 유제품을 적게 먹는 것도 중요해.

여울

(   )

주제 정리 **1** 생각주제와 관련된 앞의 두 글을 읽고 내용을 정리해 보세요.

지구 온난화

지구의 ㅇ ㄷ 가 점점 올라가서 지구가 더워지는 현상

지구 온난화의 원인

화석 연료의 사용과 축산업의 발달로 이산화 탄소나 메탄 같은 ㅇ ㅅ ㄱ ㅅ 의 배출이 늘어났기 때문임.

지구 온난화를 해결하기 위한 노력

- 화석 연료를 줄이기 위해 바람이나 태양열을 이용해 전기를 얻음.
- 탄소 배출권을 만들어서 배출할 수 있는 탄소의 양을 제한함.
- 축산업을 줄이기 위해 가축에서 나오는 메탄가스에 소 방귀세를 매김.

2 다음 빈칸에 공통으로 들어갈 알맞은 말을 골라 ○표 하세요.

성미 소 방귀에 세금을 매기는 이유는 가축의 방귀가 (   )의 원인이 될 수 있기 때문이야.

탄소 배출권은 (   )를 막기 위한 노력 중 하나야. 지은

(1) 지구 온난화

(2) 지구 사막화

3 소 방귀에 왜 세금을 매기는지 그 이유를 써 보세요.

소 방귀에 세금을 매기는 이유는 ✎

| 주제 어휘 | 지구 온난화 | 온실가스 | 배출 | 가축 |

4 다음 주제 어휘의 뜻으로 알맞은 것을 찾아 선으로 이으세요.

(1) 배출 •
(2) 지구 온난화 •
(3) 온실가스 •
(4) 가축 •

• ㉠ 사람이 집에서 기르는 짐승.
• ㉡ 지구의 기온이 높아지는 현상.
• ㉢ 불필요한 물질을 밖으로 내보내는 것.
• ㉣ 지구 대기를 오염시켜 온실 효과를 일으키는 가스.

5 다음 빈칸에 공통으로 들어갈 낱말을 주제 어휘에서 찾아 쓰세요.

(1)
• ☐☐☐☐☐ 때문에 북극의 얼음이 녹고 있다.
• 봄가을이 짧아지고 연평균 온도가 올라가는 것은 ☐☐☐☐☐의 영향이다.

(2)
• 그 목장은 소나 양 같은 ☐☐☐을 키우고 있다.
• ☐☐☐을 길러 고기나 가죽을 파는 일을 축산업이라고 한다.

6 다음 문장에서 밑줄 친 말과 뜻이 비슷한 낱말에 ○표 하세요.

(1) 이산화 탄소와 메탄이 지구 온난화의 원인이다. → 도시가스 | 온실가스

(2) 각 가정에서 내보낸 플라스틱 쓰레기가 재활용되었다.

→ 배출한 | 탈출한

퓰리처 선생님네 방송반

퓰리처
선생님네
방송반

글 전현정
주니어김영사

어휘사전

⁎ **기자**(記 기록할 기, 者 사람 자) 사람들에게 널리 알릴 기사를 쓰는 사람.

⁎ **저널리스트**(journalist) 신문사나 잡지사에서 일하는 사람.

⁎ **뉴스**(news) 신문이나 방송에서 알려 주는 새 소식.

⁎ **언론** 신문이나 방송에서 정치나 사회 문제에 대한 의견을 널리 알리는 것.

⁎ **객관적** 자기 혼자만의 생각이나 감정에서 벗어나 있는 그대로 사물을 보거나 생각하는 것.

⁎ **고성능**(高 높을 고, 性 성품 성, 能 능할 능) 높은 성질과 기능.

"자, 이제 다 모였구나. 우선 화랑초등학교 **기자**⁎가 된 것을 축하한다. 첫 시간이니까 자기소개부터 하고 시작할까?"

"제 꿈은 **저널리스트**⁎예요. 외삼촌이 새서울신문 연예부 기자여서 어릴 때부터 신문에 관심이 많았고 방송도 많이 봤어요. 저는 커서 BBC 같은 세계적인 방송국 기자가 되고 싶어요."

또랑또랑한 목소리에 자연스러운 표정과 몸짓까지 진리는 **뉴스**⁎에 나오는 진짜 기자 같았다.

"와, 그럼 네 삼촌은 연예인 진짜 많이 봤겠다. 별아도 만나 봤겠네. 나 별아 팬인데 사인 좀 받아 주라."

예성이 말에 모두 웃음보가 터졌다.

"이번엔 강보라 얘기를 한번 들어 볼까?"

"저는 아직 꿈은 없어요. 그냥 책 읽는 걸 좋아해요. 제가 기자를 지원한 이유는 친구랑 같이 활동하고 싶어서예요."

보라가 자신을 힐끔 쳐다보자 진리는 고개를 쌩 돌렸다.

"좋아, 각자 방송반에 든 이유는 다르지만 여기 모인 기자들은 모두 카메라가 되어야 한다."

퓰리처 선생님의 말에 모두 어리둥절한 표정을 지었다.

"차가 쌩쌩 달리는 도로에 카메라가 없으면 어떻게 될까?"

"속도를 안 지켜요! 신호를 위반해요! 교통사고가 나요!"

"맞아! 카메라가 없다면 규칙을 지키지 않아서 길을 가는 행인과 운전자 모두 위험에 빠질 수 있지. **언론**⁎과 기자의 역할은 바로 교통 카메라처럼 우리가 살고 있는 세상을 지켜보는 거야. 그럼 카메라의 제일 큰 장점은 뭘까?"

"있는 그대로 찍어요."

"그래, 기자도 카메라처럼 뉴스를 사실 그대로 정확하고 **객관적**⁎으로 전달해야 해. 자, 너희 모두 ㉠**고성능**⁎ 카메라가 되길 바란다. 첫 번째 과제다. ㉡우리 동네에 자랑할 만한 숨은 인물을 찾아내는 거야. 통장 아저씨, 욕쟁이 할머니, 가수 지망생 누구든 좋아."

1 다음 빈칸에 알맞은 말을 써넣어 이 글에서 일어난 중요한 일을 정리하세요.

중심
내용

> 선생님은 방송반에 새로 들어온 학생 ☐☐ 들에게 고성능 카메라처럼 정확하고 객관적인 눈으로 우리 동네에 자랑할 만한 숨은 인물을 찾아내라는 과제를 내 준다.

2 ㉠의 의미로 알맞은 것은 무엇인가요? ( )

추론
하기

① 좋은 시력   ② 사진 실력   ③ 비싼 카메라
④ 객관적인 시선   ⑤ 빠른 일 처리

3 다음 중 ㉡에 알맞은 인물을 골라 기호를 쓰세요.

적용
하기

> ㉮ 매번 장애인 주차 구역에 차를 세워 놓는 아저씨
> ㉯ 어려운 이웃에게 무료로 빵을 나눠 주는 빵 가게 아주머니

( )

4 퓰리처 선생님의 설명을 잘 이해하지 못한 친구의 이름을 쓰세요.

감상
하기

누구의 편도 들지 않고
사실을 밝혀내야지.

경모

주변에 늘 관심을 가지고
두루 살펴봐야겠어.

인후

누군가 규칙을 어길 때까지
끈기 있게 기다릴 거야.

로아

( )

좋은 뉴스의 조건

뉴스(News)란 일반 사람들에게 잘 알려지지 않은 새로운 소식 혹은 그것을 전달하는 방송 **프로그램***을 말한다. 그리고 뉴스를 사람들에게 전달하는 수단을 **매체***라고 한다. 인터넷과 디지털 기기가 등장하면서 신문과 TV만 있던 예전에 비해 매체의 종류가 다양해지고 뉴스의 양도 크게 늘어났다.

매일매일 쏟아지는 뉴스들 속에서 올바른 정보를 얻으려면 좋은 뉴스를 **가려낼*** 수 있어야 한다. 어떤 뉴스가 좋은 뉴스일까?

첫째, 좋은 뉴스는 내용이 정확한 뉴스이다. 오늘 우리 학교와 이웃 학교가 농구 시합을 했다고 하자. 이때 농구 시합이 열린 장소, 시간, 선수들 이름, 경기 과정에서 일어난 일, 경기 결과 등 농구 시합과 관련된 여러 가지 사실을 정확하게 전달해야 한다.

둘째, 좋은 뉴스는 새로운 정보를 담아야 한다. 이미 모두가 알고 있거나 지나간 일을 다루어서는 안 된다. 만약 사건이나 사고가 발생하면 발 빠르게 정보를 전달해야만 사람들이 그에 대한 정보를 얻고 대비할 수 있기 때문이다.

셋째, 좋은 뉴스는 **공정***한 뉴스이다. 공정하다는 말은 어느 쪽으로도 치우침이 없고 올바르다는 뜻이다. 우리 학교가 이웃 학교에 비해 학교 건물도 더 크고 학생 수도 훨씬 많다고 하자. 그렇다고 해서 전체 뉴스 분량의 90%를 우리 학교 얘기로 채우고, 상대방 학교 얘기는 10%만 덧붙인다면 좋은 뉴스가 될 수 없다.

이 밖에도 좋은 뉴스는 소수의 특별한 사람보다 평범한 대다수 사람들의 이익을 먼저 생각하고, 사회 전체가 더 발전하는 방향을 제시해야 한다.

어휘사전

* **프로그램**(program) 라디오와 텔레비전 등의 방송 내용.
* **매체** 어떤 사실을 널리 전달하는 수단이 되는 것.
* **가려내다** 여럿 가운데서 일정한 것을 골라내다.
* **공정**(公 공변될 공, 正 바를 정) 어느 한쪽에게 이익이나 손해가 치우치지 않고 올바른 것.

내용요약

글의 중심 내용을 생각하며 빈칸의 낱말을 써 보세요.

예전에 비해 매체의 종류가 늘어나면서 [ㄴ | ㅅ]의 양도 늘어났다. 좋은 [ㄴ | ㅅ]란 정확하고, 새로운 정보를 담고 있고, 공정한 뉴스를 말한다.

1 글쓴이가 이 글을 쓴 목적은 무엇인가요? (   )

중심
내용

① 매체의 다양한 종류를 설명하려고

② 좋은 뉴스를 가려낼 수 있게 하려고

③ 좋은 뉴스와 나쁜 뉴스를 비교하려고

④ 뉴스의 여러 가지 종류를 설명하려고

⑤ 뉴스가 사라져 가는 이유를 알려 주려고

2 이 글의 내용과 일치하지 <u>않는</u> 것은 무엇인가요? (   )

내용
이해

① 올바른 정보를 얻기 위해 좋은 뉴스를 가려내야 한다.

② 뉴스란 새로운 소식을 전하는 방송 프로그램이기도 하다.

③ 인터넷과 디지털 기기가 발달하면서 뉴스의 양이 늘어났다.

④ 좋은 뉴스는 대다수 사람의 이익을 먼저 생각하는 뉴스이다.

⑤ 유명한 방송국이나 신문사에서 만드는 뉴스는 모두 좋은 뉴스이다.

3 다음 중 좋은 뉴스의 예로 알맞은 것을 골라 기호를 쓰세요.

추론
하기

> ㉠ 일 년 전에 서해 대교에서 심한 안개로 교통사고가 발생하였습니다. 운전자들
> 은 신경을 쓰세요.
>
> ㉡ 이번 축구 경기에서 한국이 일본을 꺾었습니다. 우리나라가 일본을 꺾고 우승
> 해서 참으로 감격스럽습니다.
>
> ㉢ 지난해 태어난 출생아 수는 24만 9000명이라고 합니다. 출생률은 0.78명으
> 로 가장 낮은 수치를 기록했습니다.

(   )

주제 정리

1 생각주제와 관련된 앞의 두 글을 읽고 내용을 정리해 보세요.

뉴스(News)

일반 사람들에게 잘 알려지지 않은 새로운 ㅅ ㅅ 이나 그것을 전달하는 방송 프로그램

ㄱ ㅈ 가 지녀야 할 자세

우리가 사는 세상을 카메라처럼 정확하고 객관적으로 바라보는 눈을 지녀야 함.

ㅈ ㅇ 뉴스의 조건

- 공정한 뉴스
- 내용이 정확한 뉴스
- 새로운 정보를 담은 뉴스
- 평범한 대다수 사람의 이익을 생각하는 뉴스

2 다음 두 인물이 지녀야 할 태도로 알맞은 것에 ○표 하세요.

▲ 방송 기자

▲ 신문 기자

(1) 사실을 그대로 전달해야 한다.

(2) 상상을 통해 다른 세계를 그려야 한다.

3 좋은 뉴스란 무엇인지 자신의 생각을 써 보세요.

좋은 뉴스란 ✎

| 주제
어휘 | 기자 | 뉴스 | 언론 | 객관적 | 매체 | 공정 |

4 다음 뜻에 알맞은 **주제 어휘**에 ○표 하세요.

(1) 신문이나 방송에서 알려 주는 새 소식. | 뉴스 | 소문 |

(2) 어떤 사실을 널리 전달하는 수단이 되는 것. | 기체 | 매체 |

(3) 어느 한쪽에게 이익이나 손해가 치우치지 않고 올바른 것. | 냉정 | 공정 |

(4) 신문이나 방송에서 정치나 사회 문제에 대한 의견을 널리 알리는 것.

| 언론 | 언쟁 |

5 다음 빈칸에 들어갈 알맞은 낱말을 주제 어휘에서 찾아 쓰세요.

(1) 법관은 그 사건을 (　　　　　)하게 판결하였다.

(2) 신문사에서 일하는 (　　　　　)는 신문에 실릴 기사를 쓴다.

(3) 할아버지는 매일 저녁 9시에 텔레비전을 틀고 (　　　　　)를 보신다.

(4) (　　　　　)의 반대말은 자기만의 의견이나 관점을 가지는 것을 뜻하는 '주관적'이다.

6 다음 밑줄 친 말과 뜻이 비슷한 낱말을 주제 어휘에서 찾아 쓰세요.

오늘의 뉴스를 전해 드리겠습니다. 달곰 신문사의 달고미 기자가 올해의 언론인 상을 받았다고 합니다. 달고미 기자는 장애인과 이주 노동자, 탈북민 등 사회적 약자의 목소리를 전하는 기사를 꾸준히 써 왔습니다. 어느 한쪽으로 치우치지 않는 <u>공평한</u> 시선으로 기사를 써 온 점을 인정받아 이 상을 받게 되었습니다.

(　　　　　　　)

📷 사진 출처

국립중앙박물관　　　　　www.museum.go.kr
문화재청　　　　　　　　www.cha.go.kr
한국방송광고진흥공사　www.kobaco.co.kr
셔터스톡　　　　　　　　www.shutterstock.com/ko
연합뉴스　　　　　　　　www.yna.co.kr

달콤한 문해력 기획진 소개

진짜 문해력을
키우는 독해 학습이 필요합니다.

문해력은 책을 읽고 문제를 푸는 기술이 아닙니다.
진짜 문해력은 글을 읽고 이해하는 것을 넘어
세상을 읽고 이해하는, '생각하고 표현하는 힘'입니다.
〈달곰한 문해력 독해〉는 문해력을
키우는 독해 학습이 가능합니다.
하나의 주제로 연결된 2개의 글을 읽으면 세상을 읽고
이해하는 지식과 관점의 변화가 나타날 것입니다.
〈달곰한 문해력 독해〉로 아이들에게 좋은 글을
달달 읽을 '기회'와 곰곰 생각하고 표현하는
'경험'을 선물해 주세요.

서울교육대학교 국어교육과 교수
초등 국어 교과서 기획위원
방은수

독서교육을 지도한 교사로서
최신 문학과 다양한 비문학을 교과와
연계하여 수록했습니다.

인제남초등학교 교사
독서교육 전문가
Yes24 한 학기 한 권 읽기 선정위원
최고봉

생각주제와 연결된 2개의 글을
읽으면 생각이 쌓이고 학습 효과가
두 배 이상입니다.

경희사이버대학교 한국어문화학부 교수
경인교육대학교 유아교육과 강사
전국교사교육마술연구회 스텝매직 대표
(전) 초등학교 교사
김택수

문해력을 완성하기 위해서는
자기 생각을 표현하는 단계까지
학습이 이어져야 합니다.

광명서초등학교 교사
참쌤스쿨 대표
경기실천교육 교사모임 회장
(전) 경기도교육청 장학사
김차명

아이들의 생각이 확장되도록
흥미를 가질 만한 생각주제로 구성하여
몰입할 수 있습니다.

서울시교육청 자문관
(독서토론 분야)
(전) 중학교 국어 교사
정미선

달달 읽고 곰곰 생각하는

NE
능률

달달 읽고 곰곰 생각하는

달콤한 문해력

초등 독해

3~4학년 추천

3단계 B

정답 및 해설

생각글 1 행복한 왕자

10~11쪽

행복한 왕자는 아주 멋진 동상입니다. 행복한 왕자는 가난한 재봉사와 그녀의 아픈 아들을 도와주고 싶어 합니다. 그러나 두 발을 움직일 수 없는 행복한 왕자는 이 일을 제비에게 부탁합니다. 제비는 행복한 왕자의 칼자루에서 루비를 떼어 내 재봉사에게 가져다주었고, 좋은 일을 한 후 뿌듯함을 느낍니다.

> 1 (1)   2 ④   3 ①   4 혜인

1 자신의 보석으로 가난한 재봉사를 도와주라는 행복한 왕자의 부탁을 받고, 제비는 가난한 재봉사의 집 안에 루비를 놓고 오며 뿌듯함을 느낍니다. 따라서 이 글에서 가장 중심이 되는 장면으로는 (1)이 적절합니다.

오답풀이
(2) 어느 날 행복한 왕자는 가난한 재봉사와 그녀의 아픈 아들이 집 안에 있는 모습을 우연히 보게 됩니다. 그리고 이들을 돕기로 마음먹습니다. 따라서 이 장면은 중심이 되는 장면인 제비가 루비를 놓고 오게 된 이유에 해당합니다.

2 재봉사는 아픈 아들이 몸에 열이 많이 나서 오렌지를 먹고 싶어 하지만 물밖에는 줄 것이 없는 가난한 삶을 살고 있습니다. 행복한 왕자는 이 가난한 재봉사를 돕기 위해 자신의 보석을 나눠 주었습니다.

3 행복한 왕자의 부탁으로 루비를 전하고 온 제비는 날이 추운데도 몸이 아주 따뜻하다고 말합니다. 그러자 행복한 왕자는 좋은 일을 했기 때문이라고 말합니다. 이 대화를 통해 제비가 뿌듯한 감정을 느꼈음을 알 수 있습니다.

4 행복한 왕자는 자신이 가진 것을 나누어 다른 사람을 도왔습니다. 따라서 행복한 왕자와 비슷한 마음을 가진 사람은 할머니를 도와드리려는 마음을 가진 '혜인'입니다.

작품읽기

책 소개

행복한 왕자
글 오스카 와일드
비룡소

화려하게 꾸며진 행복한 왕자 동상은 제비의 도움을 받아 자신이 가진 보석을 가난한 사람들에게 나누어 줍니다. 제비 또한 왕자를 도우며 가난한 사람들을 위하는 마음이 생깁니다. 결국 제비는 죽고 행복한 왕자는 흉측한 모습으로 변해 용광로로 던져지지만, 둘은 천사의 도움으로 하늘나라에 갑니다.

생각글 2 남을 돕는 까닭

12~13쪽

사람이 다른 사람을 돕는 이유는 다른 사람에게 공감하는 능력이 있기 때문입니다. 또 남을 도우면 우리 몸에서 엔도르핀이 분비되어 실제로도 기분이 좋아집니다. 마지막으로 자신을 좋은 사람이라 느끼기 때문에 남을 돕습니다. 다른 사람을 돕는 것은 도움을 주는 사람에게도 긍정적인 효과가 있습니다.

> **내용요약** 공감
> 1 (3) ○ (4) ○   2 ③   3 (1) ○

1 (3) 2, 3, 4문단에 사람이 다른 사람을 돕는 여러 가지 이유가 소개되어 있습니다.
(4) 5문단에 다른 사람을 도우면 도움을 받는 사람뿐만 아니라, 도움을 주는 사람에게도 긍정적인 효과가 있다고 나와 있습니다.

오답풀이
(1) 다른 사람을 도우면 기분이 좋아지고 자신을 좋은 사람이라고 생각하게 됩니다. 그러나 큰 이익을 얻을 수 있다는 설명은 나와 있지 않습니다.
(2) 2문단을 통해 사람은 다른 사람에게 공감하는 능력이 있다는 것을 알 수 있습니다. 따라서 사람은 다른 사람의 고통에 공감하지 못한다는 설명은 적절하지 않습니다.

2 ㉠은 다른 사람의 감정을 마치 자기 일처럼 느끼는 것입니다. 영화에서 슬픈 장면이 나와 눈물을 흘린 것은 영화 장면에 공감한 것이므로, ㉠의 예로 적절합니다.

3 가수 김만수 씨는 어린이 암 환자들의 고통에 공감하여 꾸준히 어린이 암 병동에 기부하고 있습니다. 그리고 기부할 때 자신이 더 행복하다고 말합니다. 즉 남을 돕는 것을 통해 행복감을 느끼고 있습니다. 따라서 이 글을 바탕으로 **보기**의 뉴스 기사에 가장 알맞게 반응한 것은 (1)입니다.

익힘학습 자란다 문해력

14~15쪽

1

돕다
다른 사람이 잘 되도록 거들거나 힘을 보태다.

예1 행복한 왕자	예2 남을 돕는 까닭	예3
제비는 행복한 왕자에게 "참 이상해요. 날이 이렇게 추운데 몸이 아주 따뜻해요."라고 말했다. 그러자 행복한 왕자는 "좋은 일을 했기 때문이란다."라고 하였다.	다른 사람의 고통에 공감하고, 다른 사람을 도와줌으로써 행복해지고, 자신을 좋은 사람이라고 느끼기 때문이다.	

예시답안 비가 오는 날에 우산이 없어 곤란해하는 친구에게 우산을 씌워 준 적이 있다. 친구를 도울 수 있어서 기뻤다.

2 (1) ○ (2) ○

3 **예시답안** 다른 사람의 감정에 공감하고, 다른 사람을 돕고 나서 행복감을 느끼기 때문이다. 또 칭찬받는 듯한 느낌이 들기도 한다. 나는 평소에 힘든 친구를 보면 내 일처럼 여겨져 지나치지 못하고 꼭 돕는다.

채점 Tip
1) 다른 사람을 돕는 여러 가지 까닭에 대해 알고 있는지 확인해 보아요.
2) 여러 가지 까닭 중 가장 와닿는 한두 가지만 적어도 좋아요.
3) 다른 사람을 도운 경험이 있다면 적어 보아도 좋아요.

4 (1) ㉠ (2) ㉢ (3) ㉣ (4) ㉡

5 (1) 기부 (2) 감정

6 (1) 공감했다 (2) 동상

생각주제 02
다른 문화를 어떻게 받아들일까?

생각글 1 우리 동네 별별 가족

16~17쪽

'나'의 고모는 외국인 아저씨 마리오와 그의 아들을 데리고 집에 찾아옵니다. 고모는 할아버지에게 마리오를 결혼할 사람이라고 소개합니다. 하지만 외국인 아저씨를 본 할머니는 깜짝 놀라 주저앉았고, 할아버지는 결혼에 반대합니다. 결국 고모와 할아버지는 말싸움을 벌입니다.

1 (2)	**2** (3), (4), (2), (1)	**3** (2) ○	**4** 세은

1 이 글은 '나'의 고모가 외국인 아저씨와 결혼하겠다며 집에 찾아온 이야기를 담고 있습니다. 고모는 결혼을 반대하는 할아버지와 말다툼을 벌이게 됩니다. 따라서 이 글의 가장 중요한 것은 '외국인과의 결혼'입니다.

2 고모는 외국인 아저씨를 집에 데리고 와 할아버지에게 자신과 결혼할 사람이라고 소개합니다. 외국인 아저씨는 서툰 한국말로 자신을 마리오라고 말합니다. 하지만 할아버지는 마리오는 아이가 있는 외국인이라며 결혼에 반대하고, 고모와 할아버지는 말다툼을 벌이게 됩니다.

3 할머니는 외국인 아저씨와 그의 아들을 보고 그대로 주저앉았습니다. 너무 뜻밖의 일이 벌어져 놀라고 당황한 마음에 주저앉은 것입니다. 그러므로 외국인 아저씨를 보고 반가운 마음이 들었다는 것은 적절하지 않습니다.

오답풀이
(1) 외국인 아저씨가 커다란 꽃바구니를 사 온 이유는 고모의 가족들에게 잘 보여서 결혼을 허락받고 싶기 때문입니다.
(3) 할아버지는 마리오가 외국인이기 때문에 결혼을 반대해서 화를 내고 있습니다.
(4) 고모가 화를 내는 할아버지의 손을 잡은 것은 할아버지의 마음을 돌리기 위해서입니다.

4 이 글에서 할아버지는 고모와 외국인 아저씨의 결혼을 무조건 반대하며 화를 내셨습니다. 세은이는 이에 대해 바람직하지 않다는 자신의 생각을 잘 말하였습니다. 서준이는 글의 내용과 맞지 않는 느낌을 말하여서 적절하지 않습니다.

생각글 2 다문화 사회로의 변화

18~19쪽

한국은 이제 다문화 사회입니다. 하지만 오랜 시간 동안 우리 민족끼리만 살아왔기 때문에, 외국인을 배척하는 일이 자주 벌어지고 있습니다. 다문화 사회는 이제 전 세계의 흐름이 되었으므로 다문화 사회를 살아가기 위해 다문화를 인정하고 존중하는 태도를 지녀야 합니다.

내용요약 다문화

1 ⑤ **2** 다문화 **3** (3) ○

1 2문단에 우리 민족은 오랜 시간 동안 우리 민족끼리만 살아왔기 때문에 다른 나라와 뒤섞여서 살 기회가 없어서 이해하지 못하는 부분이 많아 외국인을 배척하는 일이 자주 벌어지고 있다고 나와 있습니다.

오답풀이
① 2문단을 통해 예전에는 다문화 사회가 아니었음을 알 수 있습니다.
② 1문단을 통해 우리나라로 공부하거나 일하기 위해 이주한 외국인들이 많아졌음을 알 수 있습니다.
③ 3문단을 통해 오늘날에는 한국인도 외국에서 사는 일이 많아졌다는 것을 알 수 있습니다.
④ 1문단의 다른 나라 사람과 한국인의 결혼이 늘어났다는 설명을 통해 다문화 가정이 증가했음을 알 수 있습니다.

2 호우의 아버지는 대한민국 사람이고, 어머니는 중국 사람입니다. 이 글의 1문단을 통해 다른 나라 사람과 한국인이 결혼하여 아이를 낳고 이루는 가정을 다문화 가정이라고 한다는 것을 알 수 있습니다. 따라서 빈칸에 들어갈 말로 알맞은 것은 '다문화'입니다.

3 4문단에서 다문화 사회를 살기 위해 지녀야 하는 태도에 대해 알 수 있습니다. 이를 바탕으로 바른 태도로 다문화 친구에게 말한 친구는 자신과 쓰는 언어가 다름을 있는 그대로 받아들이고, 다른 언어를 배울 기회로 생각하고 있는 (3)입니다.

익힘학습 자란다 문해력

20~21쪽

1

다문화 사회
문 화 와 생김새가 다른 여러 나라 사람들이 한곳에 모여서 살아가는 사회

우리 동네 별별 가족	다문화에 대한 태도
고모가 외국인 아저씨와 꼬맹이를 집에 데리고 와 가족들에게 결혼할 사람이라고 소개하자 가족들은 차가운 반응을 보임.	• 있는 그대로 인정하기 • 우리 모두 똑같은 사람임을 잊지 말기 • 다른 문화에 대한 존중의 자세를 가지기

2 (1) ○ (3) ○

3 (예시답안) 오늘날에는 나라와 나라를 오고 가는 게 자유로워졌기 때문이다. 우리나라에 사는 외국인이 많아졌고, 한국인도 외국에 사는 일이 많아졌다. 우리는 모두 똑같은 사람이기 때문에 어울려 살아야 한다.

채점 Tip
1) 다문화 사회에 대해 잘 이해하고 있는지 확인해 보아요.
2) 다양한 나라의 사람과 함께 살아가는 까닭을 다문화 사회가 생긴 배경과 연관 지어 설명해도 좋아요.
3) 다문화 사회를 살아가기 위해 갖춰야 할 태도를 적어도 보아요.

4 (1) 성나다 (2) 이주 (3) 배척 (4) 경계

5 (1) 이주 (2) 배척 (3) 경계 (4) 다문화

6 성나다
몹시 노하여 화를 왈칵 내는 것을 나타내는 '화내다'는 '화가 나다.'를 뜻하는 '성나다'와 뜻이 비슷합니다.

방귀의 정체는 무엇일까?

 생각글 1 ## 수상한 냄새가 나!

22~23쪽

　수학 학원의 수업이 끝나갈 무렵 천둥 같은 요란한 방귀 소리가 울려 퍼집니다. 지후는 유림이를 방귀 뀐 범인이라고 의심합니다. 수업이 끝난 후 다시 한번 방귀 소리가 들리고, 또다시 범인으로 몰린 유림이는 결국 외투의 지퍼를 내리고 새하얀 강아지 달곰이가 방귀를 뀐 범인임을 밝히게 됩니다.

1 방귀 2 ㉣ 3 ⑤ 4 은채

1 유림이는 외투 안에 강아지 달곰이를 숨기고 몰래 수업을 듣다가, 달곰이가 방귀를 뀌는 바람에 반 아이들에게 들키고 맙니다. 따라서 빈칸에 들어갈 말로 알맞은 것은 '방귀'입니다.

2 ㉣에서 달곰이가 방귀를 뀌었다는 것은 사실을 그대로 이야기한 것입니다. 따라서 직접 경험한 것처럼 생생하게 표현하는 감각적 표현에 해당하지 않습니다.

오답풀이
㉠ '천둥 같은 요란한 소리'는 방귀 소리를 직접 귀로 듣는 것처럼 생생하게 표현한 것입니다.
㉡ 방귀 소리를 표현한 의성어에 해당하므로, 귀로 듣는 것 같은 감각적 표현에 해당합니다.
㉢ 유림이가 데려온 강아지 달곰이가 새하얗다고 했으므로 눈으로 직접 본 것처럼 생생하게 표현한 것에 해당합니다.

3 누군가가 교실에서 두 번이나 방귀를 뀌자, 지후는 냄새를 맡으며 방귀를 뀐 범인이 유림이라고 의심하였습니다. 하지만 방귀를 뀐 범인은 유림이가 아닌 강아지 달곰이였고, 유림이는 그 사실을 밝히기 위해 외투를 열고 강아지를 보여 주었습니다.

4 유림이는 아무도 몰래 강아지 달곰이를 외투에 숨기고 있었습니다. 그런데 강아지가 방귀를 뀌는 바람에 강아지를 데려왔다는 사실을 밝혀야 했습니다. 따라서 강아지를 몰래 데려왔다가, 강아지가 방귀를 뀌어서 들키니 당황했을 것이라고 한 '은채'의 말이 적절합니다.

 생각글 2 ## 방귀의 숨은 비밀

24~25쪽

　방귀는 음식을 먹고 소화되는 과정에서 나오는 가스입니다. 방귀는 물질 중에서 기체이며, 물질은 여러 가지 원소로 이루어져 있습니다. 방귀를 이루는 원소 중에서 암모니아와 황화 수소 때문에 방귀는 지독한 냄새를 풍기게 됩니다. 방귀의 냄새와 양은 먹은 음식에 따라 달라집니다.

내용요약 원소
1 ③ 2 ② 3 원소 4 ㉡, ㉢

1 이 글은 방귀가 왜 냄새를 풍기는지 밝히기 위해 방귀라는 물질을 이루는 원소에 대해 설명하고 있습니다. 따라서 이 글에서 설명하는 주된 대상은 방귀와 원소입니다.

2 1, 4, 5문단을 통해 방귀는 냄새가 있고, 냄새는 방귀를 이루는 원소 때문이며, 방귀의 냄새와 양은 먹는 음식에 따라 달라진다는 것을 알 수 있습니다. 따라서 방귀는 냄새가 없다는 설명은 이 글의 내용과 일치하지 않습니다.

오답풀이
① 2문단에 방귀가 일정한 모양이 없고, 공간을 채우며, 자유롭게 돌아다닐 수 있는 기체에 속한다는 것을 알 수 있습니다.
③ 2문단을 통해 세상에 있는 모든 것은 물질임을 알 수 있습니다.
④ 4문단에서 방귀에 들어 있는 원소를 소개하고 있습니다.
⑤ 5문단을 통해 방귀의 냄새와 양은 먹는 음식에 따라 달라진다는 것을 알 수 있습니다.

3 엄마와 지원이의 대화를 통해 공기는 물질이며, 그중에서도 기체임을 알 수 있습니다. 또 공기 속에는 질소, 산소, 이산화탄소 등이 숨어 있습니다. 이 글의 3문단에서는 물질을 이루고 있는 아주 작은 성분들이 '원소'라고 하였으므로 빈칸에 들어갈 두 글자의 낱말은 '원소'입니다.

4 원소는 '우리 눈에 보이지 않지만 아주 작은 성분'입니다. 또한 이러한 원소들이 모여 하나의 물질이 됩니다. 따라서 **보기**에서 방귀 속에 들어 있는 성분이라고 말한 질소와 수소가 원소라고 볼 수 있습니다.

1

방귀

방귀 냄새의 원인
: 음식을 먹고 소화 되는 과정에서 나오는 방귀 속에 냄새가 나는 성분이 들어 있기 때문임. 단백질이 많은 음식을 먹으면 방귀의 냄새가 더 지독함.

방귀를 이루는 성분
: • 여러 가지 원소 가 들어 있음.
• 메탄, 암모니아, 황화 수소 등의 화합물도 들어 있음.

2 (2) ○

3 (예시답안) 방귀를 이루는 원소 중에서 지독한 냄새를 풍기는 것들이 있기 때문이다. 그리고 단백질로 이루어진 음식을 많이 먹으면 방귀 냄새도 더 독해진다.

(채점 Tip)
1) 방귀에서 냄새가 나는 까닭을 잘 이해하고 있는지 확인해 보아요.
2) 방귀라는 물질을 이루는 원소에 대해 잘 이해하고 있는지 확인해 보아요.
3) 먹은 음식에 따라 방귀에는 어떤 변화가 생기는지 적어도 좋아요.

4 (1) 연관 (2) 원소 (3) 소화 (4) 물질

5 (1) 소화 (2) 물질 (3) 원소 (4) 연관

6 공간
비어 있는 곳을 나타내는 '빈 곳'은 '아무것도 없는 빈 곳.'을 뜻하는 '공간'과 뜻이 비슷합니다.

생각주제 **04**
조선 시대에도 법이 있었을까?

생각글 **1** **경국대전을 펼쳐라!**

28~29쪽

공노비인 달봉이는 아이를 낳고 아픈 아내를 돌봐야 하지만, 이방은 달봉이의 사정을 보아주지 않습니다. 오히려 밀린 일을 모두 하고 가라며 매몰차게 굴었습니다. 치국이와 해박이는 조선 시대 법전인 「형전」에서 달봉이를 구제해 줄 수 있는 법 조항을 찾아냅니다.

1 ④   **2** (1), (4), (2), (3)   **3** ㉠② ㉡①   **4** 다빈

1 집안에 사정이 있는 달봉이는 얼른 집에 가야 하는 처지입니다. 하지만 이방은 달봉이에게 밀린 일을 모두 하고 가라고 하여 두 사람은 입씨름을 벌입니다. 치국이와 해박이는 달봉이가 휴가를 받을 수 있는 방안을 찾아냅니다. 따라서 이 글에서 문제가 되는 것은 달봉이의 휴가입니다.

2 이방이 달봉이에게 무리하게 밀린 일을 시키자 달봉이는 이방에게 집안 사정을 이야기합니다. 하지만 이방은 달봉이를 매몰차게 대합니다. 이러한 이방과 달봉이의 대화를 엿들은 치국이는 해박이에게 그 내용을 이야기하고, 결국 치국이와 해박이는 「형전」이라는 법전에서 노비의 휴가에 대한 조항을 찾아냅니다.

3 ㉠ '양심에 털이 나다.'는 부끄러움을 아는 마음이 없다는 의미입니다. ㉡ '매몰차기가 이를 데 없다.'는 인정이 없고 아주 쌀쌀맞다는 의미입니다.

4 치국이는 매몰찬 이방의 태도를 보고 몹시 화를 냈습니다. 따라서 정의로운 사람임을 알 수 있습니다. 이 글에 나온 인물들에 대해 바르게 이야기한 사람은 '다빈'입니다.

(오답풀이)
우주: 이방은 달봉이의 처가 아프다는 사정을 듣고 나서도 달봉이를 매몰차게 대했습니다. 따라서 이방이 인정 많은 사람이라는 평가는 적절하지 않습니다.
소리: 해박이는 달봉이의 사정을 듣고 「형전」에서 달봉이를 구제해 줄 조항을 찾았으므로 이기적인 사람이라는 설명은 적절하지 않습니다.

조선 시대에도 오늘날의 헌법과 같은 법이 있었는데, 바로 『경국대전』입니다. 『경국대전』은 나라의 여섯 개의 조직이 담당하는 일과 관련된 법을 여섯 권의 법전으로 만든 것입니다. 조선은 법이 자세하고, 법을 중요하게 생각하는 나라였습니다.

내용요약 경국대전
1 ②   2 ①   3 ㉠

1 이 글은 조선 시대의 법전인 『경국대전』에 대해 설명하고 있습니다. 따라서 이 글에서 설명하는 주된 대상은 조선 시대의 법전입니다.

2 2문단에서 알 수 있듯이 『경국대전』은 조선의 제7대 세조 임금이 나라의 규칙을 총정리하도록 지시한 것에서 출발하여 성종 임금 때 완성된 여섯 권의 법전입니다.

오답풀이
② 3문단에서 「병전」은 군사에 관한 법을 다루고 있음을 알 수 있습니다.
③ 1문단에 법은 사람들이 안전하게 살기 위해 모두가 그렇게 하기로 정해 놓은 약속이라고 나와 있습니다.
④ 3문단에서 「형전」은 재판이나 노비에 관한 법을 담고 있음을 알 수 있습니다.
⑤ 2문단에서 『경국대전』이 조선을 다스리는 내용을 담은 법전이라고 설명하고 있습니다.

3 「호전」은 돈과 관련된 법을 다룬 것입니다. 따라서 세금을 걷은 방식을 알기 위해서는 「호전」에 실린 법을 살펴보는 것이 적절합니다.

오답풀이
㉡ 강을 건너는 다리를 짓는 것은 건설과 관련이 있습니다. 건설과 관련된 법은 「공전」에서 살펴봐야 합니다.
㉢ 『경국대전』은 조선 시대에 만들어졌지만 아이를 낳고 휴가를 갈 수 있었다는 내용처럼 오늘날과 비슷한 법도 실려 있습니다.

1
『경국대전』
• 나라를 다스리기 위해 조선 성종 때 완성된 조선의 법전.
• 오늘날과 비슷한 내용의 법도 있음.

구성	지키게 한 방법	예 경국대전을 펼쳐라!
나라의 여섯 개 조직이 담당하는 일과 관련된 법을 담고 있음.	지방의 관리들이 법을 지키는지 감시하기 위해 암행어사를 보내기도 함.	아내가 아이를 낳은 달봉이는 「형전」의 법에 따라 휴가를 사용할 수 있음.

2 (2) ○ (3) ○

3 **예시답안** 사람들이 안전하게 살기 위해서이다. 만약 사람들이 신호등을 지키지 않고, 물건을 마구 훔친다면 우리 사회는 무질서해질 것이다. 그러므로 법은 꼭 필요하다.

채점 Tip
1) 법이 무엇인지 그 뜻에 대해 잘 이해하고 있는지 확인해 보아요.
2) 법이 필요한 까닭과 관련한 적절한 예시를 적어도 좋아요.
3) 우리 사회에 법이 없다면 어떤 모습일지 상상해 보아요.

4 (1) 처벌 (2) 법전 (3) 헌법 (4) 구제

5 (1) 헌법 (2) 규칙 (3) 처벌 (4) 법전

6 구제
지지하여 도움을 나타내는 '지원'은 '어려운 형편에 있는 사람을 도와서 거기에서 벗어나게 해 주는 것.'인 '구제'와 뜻이 비슷합니다.

생각글 1 김홍도

34~35쪽

정조의 격려 덕분에 풍속화가 크게 발달하자, 김홍도와 다른 화원들은 세상 사람들이 살아가는 모습을 그림에 담기 시작했습니다. 김홍도의 『풍속화집』에는 재미있는 풍속화가 여럿 실려 있는데, 그중 하나가 「서당」입니다. 김홍도는 「서당」에서 다양한 표정을 가진 인물들을 재미있게 표현했습니다.

---

1 풍속화	2 ㉮	3 ㉣	4 ①

---

1 정조가 말한 웃음이 나오는 그림은 풍속화입니다. 또한 세상 사람들이 살아가는 모습인 풍속을 담은 그림 역시 풍속화입니다. 따라서 빈칸에 들어갈 말로 알맞은 것은 풍속화입니다.

2 김홍도의 「서당」은 서당을 배경으로 훈장 선생님과 여러 학생이 나옵니다. 그러나 여학생은 나오지 않습니다.

3 김홍도는 재미있는 소재를 찾기 위해 세상 사람들이 살아가는 모습에 눈을 돌렸습니다. 김홍도의 그림이 재미있는 이유는 서당에서 공부하는 인물들의 다양한 표정을 생생하게 담아 냈기 때문입니다.

4 문제에 제시된 그림은 김홍도의 「서당」입니다. 이 글에서 훈장님은 못마땅하면서 안쓰러워하는 듯한 표정을 짓고, 그림에서 오른쪽 위에 앉아 있는 것으로 배치하였다고 나와 있습니다. 따라서 잠시 자리를 비웠다는 것은 감상으로 적절하지 않습니다.

오답풀이

② 울고 있는 학생은 글공부를 제대로 하지 못해 훈장님께 매를 맞고 울고 있습니다.

③ 그림의 인물들은 웃거나 울거나 못마땅하면서도 안쓰러워하는 등 표정이 모두 제각각입니다.

④ 훈장님이 학생을 혼낸 건 글공부를 제대로 하지 못했기 때문입니다.

⑤ 울고 있는 학생이 있지만, 웃거나 놀리는 학생도 있는 것으로 보아 무서운 분위기가 아닙니다.

생각글 2 사람들의 모습을 담은 풍속화

36~37쪽

김홍도는 조선 시대 도화서에 소속된 화원이었습니다. 그는 모든 종류의 그림에 능숙했지만, 특히 풍속을 그린 그림으로 널리 알려졌습니다. 김홍도는 평범한 사람들의 문화와 그들이 사는 모습을 익살스럽게 표현했으며, 이러한 김홍도의 풍속화는 조선 후기 사람들의 모습을 보여 주는 좋은 자료가 되고 있습니다.

내용요약 풍속화

1 ④	2 (1) ○ (2) ○	3 ㉡

---

1 1문단에서 김홍도는 산수화, 인물화 등 모든 종류의 그림에서 능숙하였지만, 특히 풍속을 그린 그림으로 널리 알려졌다고 하였습니다. 따라서 김홍도가 다른 그림을 그리지 않고 풍속화만 그렸다는 설명은 적절하지 않습니다.

2 (1) 3문단에서 김홍도의 그림은 익살스러움이 잘 표현되어 있고, 재미있는 상황을 담았다고 설명하고 있습니다.

(2) 2문단에 평범한 사람들이 살아가는 모습을 그린 그림을 풍속화라고 한다고 나와 있습니다.

오답풀이

(3) 4문단을 통해 김홍도의 풍속화는 배경을 자세히 그려 넣지 않고, 한 가지 배경색을 사용했음을 알 수 있습니다.

(4) 3문단에서 김홍도는 시냇가에서 빨래를 하는 모습을 그림에 담았음을 알 수 있습니다.

3 **보기**의 그림은 김홍도의 풍속화 중 하나인 「씨름」입니다. 김홍도는 씨름판에서 씨름하는 모습을 실감 나게 그렸습니다. 따라서 씨름하는 상황을 흥미진진하게 표현했다는 ㉡이 알맞습니다.

배경지식

화가 신윤복

신윤복은 조선 시대의 대표적인 풍속 화가 중 한 명입니다. 김홍도는 평범한 사람들의 모습을 주로 그렸지만, 신윤복은 신분이 높은 사람들의 놀이나 남녀 간의 사랑을 주로 그렸습니다. 이러한 신윤복의 그림은 「미인도」나 「단오풍정」처럼 여성을 주인공으로 한 것이 많습니다. 그래서 부드럽고 세밀한 선이 사용되었으며, 배경도 아주 자세하게 표현되었습니다.

익힘학습 자란다 문해력

38~39쪽

1

```
김홍도의 풍속화
```

그림의 소재	그림 묘사의 특징	대표적인 작품과 업적
평범 한 사람들이 살아가는 모습을 그렸는데, 그중에서도 재미있는 상황을 주로 담음.	• 인물들의 표정을 익살스럽게 표현함. • **배경** 은 한 가지 색으로만 표현함. • 원근법을 사용함.	• 「논갈이」, 「서당」, 「씨름」 등. • 다른 풍속화 화가들에게 영향을 주었고, 조선 후기 삶의 모습을 보여 줌.

2 (2) ○ (4) ○

3 예시답안 재미있는 상황과 살아 있는 인물의 표정을 익살스럽게 표현했기 때문이다. 김홍도의 그림에서 씨름하는 사람과 구경하는 사람들의 모습을 보면 마치 씨름판에 와 있는 듯하다.

채점 Tip
1) 김홍도가 그린 풍속화의 특징을 잘 이해하고 있는지 확인해 보아요.
2) 풍속화가 재미있는 까닭을 적절히 썼는지 확인해 보아요.
3) 김홍도의 풍속화를 보고 느낀 감상을 적어도 좋아요.

4 (1) 배경 (2) 소재 (3) 익살 (4) 문화

5 (1) 배경 (2) 풍속 (3) 익살 (4) 문화

6 풍속
'생활 모습'은 '한 시대 사람들의 습관이나 일상 모습'인 '풍속'과 뜻이 비슷합니다.

생각글 1 날씬해지고 말 거야!

42~43쪽

지영이는 사촌인 세리 언니가 수능 시험이 끝나고 다이어트를 해서 외모가 엄청나게 변한 것을 보고 부러워합니다. 지영이는 포기하려던 다이어트를 다시 하기로 마음먹습니다. 학교 급식으로 좋아하는 닭튀김이 나오자 지영이는 잠시 흔들리지만, 날씬해지면 상준이가 자신을 좋아할지 모른다고 생각하게 됩니다.

```
1 다이어트    2 ④    3 ④    4 윤지
```

1 지영이는 다이어트를 하고 모습이 달라진 세리 언니를 부러워합니다. 그래서 자신도 예뻐지기 위해 포기하려던 다이어트를 다시 시작합니다. 따라서 빈칸에 들어갈 말로 알맞은 것은 다이어트입니다.

2 세리 언니가 죽음의 다이어트를 했다는 말은 나오지만, 구체적인 방법은 나오지 않았습니다.

오답풀이
① '긴 생머리, 하얀 피부, 오똑한 코, 긴 속눈썹' 등으로 세리 언니의 외모를 알 수 있습니다.
② '닭튀김과 돈가스, 갈비찜 같은 음식'이 지영이네 학교의 급식 메뉴라고 나와 있습니다.
③ 상준이를 생각하면 지영이는 괜히 부끄러워지고, 날씬해지면 상준이도 자신을 좋아할지 모른다고 생각합니다. 이를 통해 상준이를 좋아하는 지영이의 마음을 알 수 있습니다.
⑤ 지영이가 상준이를 좋아하는 까닭은 얼굴도 잘생겼고, 성격도 좋고 공부도 잘하기 때문입니다.

3 지영이는 세리 언니의 팔을 끌며 따로 이야기하자고 하였는데, 이어지는 내용에 그 전까지는 살을 빼는 게 힘들어서 포기하려고 했다가 언니를 보고 마음이 바뀌었다고 하였습니다. 따라서 어떻게 하면 언니처럼 날씬해질 수 있는지 알려 달라는 말이 알맞습니다.

4 지영이는 상준이에게 예뻐 보이고 싶다는 이유로 다이어트를 결심합니다. 누군가에게 잘 보이기 위해서 살을 빼는 행동이 과연 옳은 것인지 의문이 든 윤지의 감상이 가장 알맞습니다.

필수가 아닌 선택, 다이어트

많은 사람이 건강을 위해 체중을 조절하려고 살을 뺍니다. 그런데 오로지 외모를 가꾸기 위해서 다이어트를 하는 경우도 많습니다. 아름다움은 절대적이지 않으므로 겉모습보다는 내면을 닦고, 자신만의 능력을 키우는 것이 더 중요합니다.

내용요약 다이어트

1 ④   2 ⑤   3 민중

---

1 이 글은 외모만을 가꾸기 위해 다이어트를 하는 것이 바람직하지 않다고 주장합니다. 아름답다는 기준은 상대적이며, 내 모습은 그 자체로도 충분히 아름답다는 것이 그 이유입니다. 따라서 이 글에서 주장하는 내용으로 알맞은 것은 다이어트의 불필요성입니다.

오답풀이

③ 2문단에서 많은 사람이 건강을 위해 체중을 조절하려고 살을 뺀다고 나와 있습니다. 하지만 이 글 전체에서 말하고자 하는 것이 다이어트의 중요성이라고 볼 수는 없습니다.

2 3문단에서 아름다움의 기준이 시대에 따라 달랐음을 설명하고 있습니다. 그 예로 고대와 그리스 시대에는 아이를 많이 낳을 수 있는 풍만한 여성이 아름다움을 상징했다는 설명이 나옵니다. 따라서 이 글의 내용과 일치하는 것은 ⑤입니다.

3 민중은 외모는 상대적이며, 자신의 능력을 키우겠다고 말하므로 ㉠과 같이 생각한 것입니다. 반면 겉모습을 중요하게 여기는 진희는 내면을 닦고, 자신만의 능력을 키우는 것에 해당한다고 볼 수 없습니다.

배경지식

외모 지상주의

외모가 사람들 간의 우열과 성패를 가르는 기준이라고 믿으며 외모에 지나치게 집착하는 현상을 가리키는 용어입니다. 이처럼 외모에 지나치게 집착하다 보면 생명을 위협하는 성형 수술에 중독되거나, 살이 찌는 것에 대한 강한 두려움으로 먹는 것을 거부하는 '거식증'에 걸리는 등의 문제가 생길 수도 있습니다. 따라서 우리는 있는 그대로의 나를 사랑해야 합니다.

자란다 문해력

1

다이어트
건강이나 몸매를 위해 음식을 적게 먹는 일.

다이어트를 하는 까닭	다이어트를 하지 않아도 되는 까닭	「날씬해지고 말 거야!」의 주인공 지영이에게
• 건강을 위해 체중을 조절하려고 다이어트를 함. • 마른 사람이 더 아름답다고 생각해서 다이어트를 함.	• 아름다움의 기준은 시대에 따라 달랐음. • 겉모습보다는 내면을 닦고, 자신만의 능력을 키우는 것이 더 중요함.	

예시답안 지영아, 꼭 다이어트를 하지 않아도 돼. 아름다움은 내면에서 나오는 거야.

2 (1) ○

3 **예시답안** 아름다움의 기준은 시대에 따라 달랐고, 겉모습보다는 내면을 닦고, 자신만의 능력을 키우는 것이 더 중요하기 때문이다.

채점 Tip

1) 다이어트를 꼭 하지 않아도 되는 까닭을 잘 이해하고 있는지 확인해 보아요.

2) 겉모습을 가꾸는 것보다 더 중요한 것이 무엇인지 적어 보아요.

4 (1) 변신 (2) 외모 (3) 기준 (4) 풍만하다

5 (1) 기준 (2) 다이어트

6 외모
겉으로 드러나 보이는 모습을 나타내는 '겉모습'은 '겉으로 드러난 모습.'인 '외모'와 뜻이 비슷합니다.

새로운 직업이 생기는 이유는?

생각글 1 요즘 초등학생의 희망 직업

48~49쪽

요즘 초등학생들이 희망하는 직업에는 유튜버나 웹툰 작가와 같은 새로운 직업들이 있습니다. 두 직업 모두 웹 사이트에 자신의 창작물을 올려서 돈을 법니다. 이처럼 아이들이 새로운 직업을 희망하게 된 이유는 스마트폰 같은 새로운 기술이 등장했기 때문입니다.

내용요약 직업
1 ④　　2 ㉰　　3 문호

1 이 글에서는 스마트폰같이 새로운 기술의 등장으로 생겨난 유튜버와 웹툰 작가에 대해 설명하고 있습니다. 따라서 스마트폰의 등장으로 아이들이 희망하는 직업이 달라졌다는 설명이 알맞습니다.

오답풀이
① 희망하는 직업을 조사한 결과, 운동선수가 되고 싶어 한 학생들이 가장 많았습니다.
② 희망 직업의 세 번째는 유튜버, 네 번째는 의사였습니다.
③ 유튜버와 웹툰 작가는 스마트폰이 등장하면서 새로 생겨나 주목받는 직업입니다.
⑤ 이 글을 통해 새로운 기술이 나타나면 새로운 직업이 생긴다는 것을 알 수 있습니다.

2 ㉠은 스마트폰이 등장하여 새롭게 등장한 직업을 가리킵니다. 웹툰 작가는 컴퓨터로 그림을 그려서 인터넷에 올리는 사람입니다. 따라서 ㉠에 해당하는 직업으로 알맞은 것은 ㉰입니다.

3 신문 기사에서는 어린이가 유튜버가 되는 것의 위험성을 지적하고 있습니다. 따라서 이 기사를 보고 알맞게 반응한 친구는 문호입니다.

배경지식
크리에이터(Creator)
　'크리에이터'는 온라인 플랫폼에 올리는 콘텐츠를 제작하는 사람들을 의미합니다. 이러한 크리에이터에는 유튜버는 물론, 다양한 플랫폼에서 활동하는 사람들도 포함됩니다. 이들은 동영상 외에도 전자책, 음원, 사진 등 다양한 형식으로 콘텐츠를 제작하며, 게임 정보, 화장 방법, 음식 평가 등 자신이 관심 있거나 자신 있는 분야에 관련된 내용을 담아 콘텐츠를 만듭니다.

생각글 2 미래에 생길 직업

50~51쪽

미래에는 과학과 기술이 발전해 기존의 직업 일부가 사라지고, 새로운 일자리가 생겨날 것입니다. 미래에는 인공 지능 전문가나 로봇 개발자는 물론, 지구 환경과 관련된 직업들, 농업이나 유전자 분야의 직업들이 주목받을 것으로 예상됩니다.

내용요약 과학, 기술
1 (2) ○ (3) ○　　2 ②　　3 주희

1 (2) 3문단을 통해 미래에는 지구 환경의 중요성이 더 커져서 그와 관련된 직업들도 중요해짐을 알 수 있습니다.
(3) 2문단을 통해 인공 지능 전문가는 컴퓨터가 스스로 운전하는 자율 주행 자동차를 만드는 일도 한다는 것을 알 수 있습니다.

오답풀이
(1) 1문단에 미래에는 지금의 직업 중에서 30퍼센트가 사라지고 대신에 새로운 일자리가 생길 것이라고 나와 있습니다.
(4) 1문단에서 미래의 직업이 바뀌는 가장 큰 이유가 과학과 기술의 발전이라고 했으므로 큰 영향을 받는다고 볼 수 있습니다.

2 이 글은 미래에 과학과 기술의 발전으로 생겨날 새로운 직업을 소개하고 있습니다. 인공 지능 전문가나 로봇 개발자 등 여러 직업을 예로 들어 설명하고 있습니다. 따라서 이 글의 설명 방법으로 알맞은 것은 여러 가지 예를 들어 설명하는 것입니다.

3 미래에는 지구 환경의 중요성이 커져서 그와 관련된 직업이 중요해집니다. 그러나 이 글에서 미래 환경 문제의 원인으로 로봇을 문제 삼고 있지 않습니다. 따라서 로봇과 환경 문제를 연결한 '주희'는 이 글의 내용을 제대로 이해했다고 보기 어렵습니다.

1

직업
자신의 적성과 능력에 따라서 맡아서 하는 일.

예1 요즘 초등학생의 희망 직업	예2 미래에 생길 직업	예3
스마트폰 같은 새로운 기술의 등장으로 요즘 초등학생들은 유튜버나 웹툰 작가를 꿈꾸는 아이들이 늘어났음.	미래에는 과학과 기술의 발전으로 인공 지능 전문가, 로봇 개발자, 환경 공학자, 재활용 기술 전문가, 도시 재생 전문가 등의 새로운 직업이 생겨날 것임.	

예시답안 미래에 내가 희망하는 직업은 로봇 개발자이다. 사람처럼 움직이는 로봇을 만들어 몸이 불편한 사람들을 돕게 할 것이다.

2 (2) ○

3 **예시답안** 과학과 기술이 발전하여 기존의 직업이 사라지고, 새로운 일자리가 생겨나기 때문이다. 미래에는 사람이 하던 일을 로봇이 하게 되고, 사람은 새로운 일을 하게 될 것이다.

채점 Tip
1) 직업이 생겨나게 하는 까닭을 잘 이해하고 있는지 확인해 보아요.
2) 미래에 로봇의 등장으로 인한 직업의 변화를 적어 보아요.
3) 미래의 새로운 직업과 연관 지어서 적어도 좋아요.

4 (1) 창작 (2) 희망 (3) 직업 (4) 개발자

5 (1) 직업 (2) 재생 (3) 희망 (4) 창작

6 재생
'다시 가공하여 사용할 수 있도록 하는 일'은 '버리게 된 물건을 다시 가공하여 쓰는 것.'을 뜻하는 '재생'과 뜻이 비슷합니다.

생각글 1 **강낭콩을 키우자!**

54~55쪽

여울이는 하교 후 집에 가자마자 강낭콩을 심을 준비를 했습니다. 엄마는 여울이에게 씨앗이 발아하려면 준비가 필요하다며 갖추어야 할 조건들을 설명해 주셨습니다. 여울이는 엄마가 알려 주신 대로 강낭콩 씨앗을 심었습니다. 그리고 두 달이 지난 뒤, 꼬투리에서 강낭콩이 튀어나오는 것을 보게 됩니다.

내용요약 발아, 발아
1 ⑤   **2** ⑤   **3** 지원

1 엄마는 여울이에게 씨앗이 발아하기 위한 조건을 설명해 주었습니다. 여울이는 엄마가 알려 주신 대로 배양토에 물을 부어서 땅을 촉촉하게 만든 뒤에 강낭콩 씨앗을 심었습니다. 따라서 이 글의 엄마가 여울이를 말린 이유는 씨앗을 심기에는 배양토가 말라 있어서임을 짐작할 수 있습니다.

2 ㉠은 강낭콩의 씨앗을 가리키며, ㉡은 강낭콩 꼬투리에 열린 열매인 강낭콩을 가리킵니다. 강낭콩의 씨앗을 심어서 싹이 나고 꽃을 피워 다시 열매가 맺힌 것입니다. 따라서 이 글의 ㉠과 ㉡의 관계와 같은 것은 사과 씨앗을 심으면 자라서 맺는 사과 열매입니다.

3 이 글에서 강낭콩의 꼬투리는 스스로 벌어져서 강낭콩이 여기저기 튀어나오게 됩니다. 여울이는 떨어지는 강낭콩이 팝콘 같다면서 멀리 퍼지라고 말했으므로 강낭콩 꼬투리가 씨앗을 널리 퍼뜨리려고 벌어졌다고 말한 지원이가 적절합니다.

배경지식
'꼬투리'의 의미
꼬투리는 콩이나 팥 같은 식물의 씨앗을 감싸고 있는 껍질을 의미합니다. 이외에도 '꼬투리를 잡다'라는 표현으로 쓰이기도 합니다. 여기서 꼬투리란 '어떤 이야기나 사건의 실마리.'라는 뜻과 '남을 헐뜯을 만한 거리.'라는 뜻으로 쓰입니다. 두 가지 모두 같은 형태로 쓰이지만, 각각 긍정적인 뜻과 부정적인 뜻을 담고 있습니다.

생각글 2 씨앗을 퍼뜨리는 방법

움직일 수 없는 식물은 씨앗을 널리 퍼뜨리기 위해 다양한 방법을 이용합니다. 그 방법에는 바람을 이용하는 것, 열매를 이용하는 것, 동물의 몸에 달라붙어 이동하는 것, 씨앗을 감싼 껍질을 이용하는 것 등이 있습니다. 이렇게 퍼진 씨앗은 적절한 환경에서 새로운 싹을 틔우고 자라납니다.

내용요약 바람, 꼬투리

1 씨앗　　**2** ①　　**3** ㉠　　**4** ㉮, ㉯

---

1 이 글은 식물이 씨앗을 퍼뜨리는 여러 가지 방법을 설명하고 있습니다. 따라서 빈칸에 들어갈 말로 알맞은 것은 씨앗입니다.

2 식물은 씨앗을 퍼뜨리기 위해 다양한 방법을 이용합니다. 그러나 씨앗을 퍼뜨리지 않고 죽는 식물에 대한 설명은 나와 있지 않습니다.

오답풀이

② 2문단에 바람을 통해 씨앗을 퍼뜨리는 단풍나무와 민들레가 나옵니다.

③ 1문단에서 식물은 자신과 똑 닮은 후손을 남기기 위해 씨앗을 퍼뜨린다는 것을 알 수 있습니다.

④ 4문단에 동물의 몸에 달라붙어 씨앗을 퍼뜨리는 도깨비바늘, 도꼬마리, 도둑놈의갈고리가 나옵니다.

⑤ 3문단에 맛있는 열매를 동물이 먹게 하여 씨앗을 퍼뜨리는 식물인 사과와 감이 나옵니다.

3 제시된 설명은 중심 문장에 대한 것입니다. 문단의 내용을 대표하는 문장은 ㉠입니다.

4 ㉮ 민들레의 씨앗은 솜털 모양의 갓털이 붙어 있어 바람을 타고 멀리 날아갈 수 있습니다. 따라서 씨앗의 무게가 아주 가벼울 것이라고 짐작할 수 있습니다.

㉯ 배는 사과처럼 열매를 이용해 씨앗을 퍼뜨리는 식물로, 맛있는 열매 속에 씨앗을 숨겨서 그것을 먹은 동물의 똥을 통해 이동하게 됩니다.

익힘학습 자란다 문해력

1

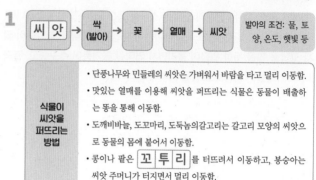

씨앗 → 싹(발아) → 꽃 → 열매 → 씨앗

발아의 조건: 물, 토양, 온도, 햇빛 등

식물이 씨앗을 퍼뜨리는 방법	• 단풍나무와 민들레의 씨앗은 가벼워서 바람을 타고 멀리 이동함. • 맛있는 열매를 이용해 씨앗을 퍼뜨리는 식물은 동물이 배출하는 똥을 통해 이동함. • 도깨비바늘, 도꼬마리, 도둑놈의갈고리는 갈고리 모양의 씨앗으로 동물의 몸에 붙어서 이동함. • 콩이나 팥은 꼬투리를 터뜨려서 이동하고, 봉숭아는 씨앗 주머니가 터지면서 멀리 이동함.

2 (1) ◯ (2) ◯

3 **예시답안** 여러 가지 방법을 이용한다. 바람을 이용하고, 맛있는 열매를 이용하고, 동물의 몸에 달라붙고, 씨앗을 감싼 껍질을 이용한다. 참 재미있고 신기하다.

채점 Tip

1) 식물이 씨앗을 퍼뜨리는 방법에는 여러 가지가 있음을 이해하고 있는지 확인해 보아요.

2) 식물이 씨앗을 퍼뜨리는 다양한 방법을 적어 보아요.

3) 자신의 생각이나 느낀 점을 자유롭게 적어 보아요.

4 (1) 발아 (2) 퍼뜨리다 (3) 씨앗 (4) 꼬투리

5 (1) 토양 (2) 퍼뜨리다 (3) 꼬투리 (4) 발아

6 토양

지구의 표면을 덮고 있는 물질인 '흙'은 '식물이 자랄 수 있는 흙.'인 '토양'과 뜻이 비슷합니다.

그해 유월은

60~61쪽

그해 유월, '나'는 전쟁이 났다는 소식을 듣고 급히 집에 돌아갑니다. 가족들은 전쟁과 관련된 소식을 이야기하며 침울해합니다. 한밤중이 되자 고막을 찢을 듯한 굉음이 울리면서 커다란 불기둥이 솟구쳤고, 결국 '나'와 가족들은 방공호로 몸을 숨기게 됩니다.

| 1 전쟁 | 2 ③ | 3 ④ | 4 (2) ○ |

1 북조선 인민군이 새벽 삼팔선 역을 기습 공격하자, 남한은 외출이나 휴가 중인 육·해·공군을 부대로 복귀시킵니다. 이 글은 전쟁이 시작된 상황을 그리고 있습니다. 따라서 이 글에서 가장 중요한 낱말은 전쟁입니다.

2 '나'와 가족들은 한밤중에 엄청난 굉음이 울리고 커다란 불기둥이 솟구치고, 집채가 부서지는 듯한 요란한 소리가 울리자 방공호로 급히 몸을 숨겼습니다.

오답풀이
① 낮에는 지프차에 탄 국군이 확성기에 대고 다급하게 외치는 모습이 나오고, 밤에는 굉음과 요란한 소리가 울렸기 때문에 주변은 시끄러웠다고 볼 수 있습니다.
② '나'의 아버지는 외출하려는 할머니에게 위험하니 집에 가만히 있어야 한다고 말합니다. 따라서 외출이 자유롭지 않았습니다.
④ '나'의 가족은 간밤에 삼촌이 집에 오지 않고, 학교 앞에 피난민들이 진을 치고 있어서 침울해하고 있습니다.
⑤ 전쟁이 일어나자 외출이나 휴가 중인 모든 장병은 한 사람도 빠짐없이 부대로 복귀해야 했습니다.

3 할머니는 삼촌이 돌아오지 않은 것과 전쟁이 일어난 상황에 대해 불안함을 느끼고 있습니다. 이와 더불어 '왜놈들 등쌀에 시달리며 산 것도 징글징글'했는데 왜 같은 민족끼리 전쟁을 일으키냐며 화를 내고 있습니다.

4 이 글은 북한의 공격으로 전쟁이 시작된 상황을 그리고 있습니다. 전쟁으로 '나'의 학교 앞에 피난민들이 진을 치게 됩니다. 따라서 이 글을 읽고 떠올린 장면으로 알맞은 것은 사람들이 서둘러 짐을 싸서 고향을 떠나는 모습입니다.

남과 북의 분단

62~63쪽

1950년에 일어난 6·25 전쟁은 대한민국의 정부를 세우는 과정에서 일어난 전쟁입니다. 6·25 전쟁 이후에 남한과 북한은 분단되었고, 각각 민주주의 국가와 사회주의 국가가 되었습니다. 하지만 남한과 북한은 같은 역사와 전통문화를 지닌 하나의 민족이기에 남북통일은 꼭 필요합니다.

내용요약 분단, 통일
| 1 ④ | 2 ⑤ | 3 ㉯ |

1 이 글은 6·25 전쟁으로 인해 남한과 북한이 분단된 이유를 설명한 뒤, 남북 분단의 문제점과 남북 분단을 해결할 방안을 이야기하고 있습니다. 따라서 이 글은 남북 분단의 원인과 해결 방안에 대한 대답이라고 할 수 있습니다.

2 이 글은 남북 분단에 대해 설명한 뒤 그 해결 방안을 제시하고 있습니다. 따라서 이 글의 특징으로 알맞은 것은 문제 상황을 설명하고 그 문제에 관한 해결 방안을 제시한 것이라 할 수 있습니다.

3 ㉠은 남한과 북한이 같은 역사와 전통문화를 지닌 하나의 민족임을 말하고 있습니다. 따라서 남한과 북한이 같은 언어를 사용한다는 ㉯가 ㉠의 주장을 뒷받침할 수 있는 내용이 됩니다.

오답풀이
㉮ 북한에 있는 풍부한 자원은 남북통일로 인해 남한이 얻게 되는 좋은 점에 해당합니다.
㉰ 남한의 국기는 태극기이고, 북한은 인공기를 사용하고 있습니다.

배경지식
남북 이산가족 상봉
휴전 협정 이후 남한과 북한이 분단되자, 남한과 북한에 따로 떨어져 생사조차 알지 못하는 가족들이 생기게 됩니다. 이러한 이산가족들이 유일하게 서로 만나고, 소식을 전할 수 있는 시간이 바로 '남북 이산가족 상봉'이었습니다. 남북 이산가족 상봉은 1985년에 처음 이루어졌으며, 이후에도 몇 년에 한 번씩 이루어지고 있습니다. 가장 최근에 진행된 것은 2018년 금강산 호텔에서 열렸던 남북 이산가족 상봉 행사입니다.

익힘 학습 자란다 문해력

64~65쪽

1

그해 유월은
나는 새벽에 인민군이 삼팔선을 넘고 **남한** 을 공격했다는 소식을 듣고 집에 돌아감.
↓
간밤에 외출한 삼촌은 집에 돌아오지 않고, 한밤중에 우리 가족은 방공호로 대피함.

남과 북의 **분단**	
원인	대한민국 정부를 세우는 과정에서 6·25전쟁이 일어남. 남과 북은 휴전 협정을 맺고 휴전선을 놓고 분단됨.
해결 방안	남한과 북한은 하나의 민족이기에 남북통일은 꼭 이루어져야 함.

2 (2) ○

3 (예시답안) 꼭 이루어져야 한다. 왜냐하면 남북이 분단되면서 이산가족이 생겼기 때문이다. 남북통일을 하면 이산가족이 만날 수 있고, 남한과 북한 모두 서로의 좋은 점을 바탕으로 성장할 수 있다.

(채점 Tip)
1) 남북 분단으로 어떤 문제가 생겼는지 적어 보아요.
2) 남북통일이 필요한 까닭에 대한 자기 생각을 적어 보아요.
3) 남북통일이 되면 생길 수 있는 좋은 점을 적어 보아요.

4 (1) ㉠ (2) ㉡ (3) ㉢ (4) ㉣

5 (1) 휴전선 (2) 정부

6 (1) 분단되었다 (2) 피난민

생각글 1 생각하는 올림픽 교과서

66~67쪽

올림픽은 고대 그리스에서 죽은 사람이나 신을 기리는 제례 행사에서 시작되었으며, 공식적으로는 기원전 776년에 시작되었습니다. 이러한 고대 올림픽은 지금처럼 4년에 한 번 열렸습니다. 처음에는 '스타디움'이라는 달리기 경기 하나뿐이었지만, 경기 종목과 경기 기간이 점점 늘어났습니다.

(내용요약) 올림픽
1 ④   2 원반던지기   3 (2) ○

1 5문단에서 당시 경기에서 이긴 우승자들은 올리브 잎과 가지로 만든 관과 상금을 받았다는 사실을 알 수 있습니다. 따라서 초기의 올림픽 우승자들이 금으로 만든 메달을 받았다는 설명은 적절하지 않습니다.

(오답풀이)
① 3문단에 고대 올림픽도 지금처럼 4년에 한 번 열렸다고 나와 있습니다.
② 3문단을 통해 고대 올림픽이 열렸을 초기에는 달리기 경기만 존재했음을 알 수 있습니다.
③ 1문단을 통해 올림픽이 고대 그리스의 제례 행사에서 시작되었음을 알 수 있습니다.
⑤ 4, 5문단을 통해 기원전 708년부터 현재의 올림픽과 같은 모습이 갖춰지기 시작했음을 알 수 있습니다.

2 보기에서는 금속으로 테두리를 두른 둥근 나무판 안쪽에 동그란 동판을 붙여서 만든 것을 멀리 날리는 운동 경기를 설명하고 있습니다. 날려야 하는 것이 원반 모양임을 짐작할 수 있기 때문에, 보기에서 설명하고 있는 운동 경기는 원반던지기라고 볼 수 있습니다.

3 ㉡은 올리브 잎과 가지로 만든 관을 가리킵니다. 따라서 ㉡에 알맞은 것은 식물의 잎과 가지로 만들어진 관처럼 생긴 (2)입니다.

(배경지식)

월계관
월계관은 월계수나 올리브 나뭇가지로 만든 관입니다. 이러한 월계관은 고대 올림픽의 우승자는 물론, 전쟁에서 승리한 개선장군 등에게 주어지는 명예의 상징이었습니다. 또한 로마 제국에서는 황제의 왕관으로 사용되었으며, 영국에서는 뛰어난 시인에게 월계관을 내린 뒤 이들을 '계관 시인'이라고 부르기도 했습니다. 이처럼 월계관은 서양에서 명예의 상징으로 널리 사용되었습니다.

2 올림픽의 역사

68~69쪽

고대 그리스에서 처음 시작되었다 사라진 올림픽은 1896년 그리스 아테네에서 다시 열렸습니다. 이후 4년마다 세계 여러 도시를 돌아가며 여름에는 하계 올림픽, 겨울에는 동계 올림픽으로 열리게 되었습니다. 우리나라는 1988년 서울 올림픽과 2018년 평창 동계 올림픽을 개최하였습니다.

내용요약 그리스

1 ②　　**2** ㉠, ㉡　　**3** (3)

1 이 글은 1896년 그리스 아테네에서 다시 열린 올림픽을 소개하고, 이후 여러 도시에서 올림픽이 개최되었음을 설명하고 있습니다. 따라서 이 글을 쓴 까닭으로 알맞은 것은 올림픽의 역사를 소개하기 위해서입니다.

2 ㉠ 4문단을 통해 우리나라가 하계 올림픽과 동계 올림픽을 모두 개최한 것을 알 수 있습니다. 따라서 자랑스러워하는 것은 알맞은 반응으로 볼 수 있습니다.
㉡ 1문단에서 올림픽은 고대 그리스에서 처음 시작되었다가 사라진 후, 1896년에 그리스 아테네에서 다시 열리게 되었다고 했습니다. 따라서 고대 올림픽이 있었던 나라에서 제1회 올림픽을 한 것이 정말 멋있다는 반응은 이 글을 읽고 나서 느낀 점으로 적절합니다.

오답풀이
㉢ 3문단에서 제32회 도쿄 올림픽이 원래 2020년에 열려야 했지만, 코로나로 인해 1년 뒤인 2021년에 관중 없이 개최되었다고 설명하였습니다. 따라서 코로나 때문에 올림픽이 없어졌다는 반응은 적절하지 않습니다.

3 **보기**는 올림픽 대회의 의의가 경기의 승리나 성공이 아니라 참가와 노력에 있음을 말하고 있습니다. 따라서 이 말에 대한 반응으로 알맞은 것은 '결과보다는 과정이 중요하다는 뜻으로 한 말이야.'가 됩니다.

오답풀이
(2) 올림픽 대회에서 우승하려고 애쓸 필요가 없다는 반응은 적절하지 않습니다. **보기**가 승리와 성공이 중요하지 않다는 것을 의미하지는 않기 때문입니다.

익힘학습 자란다 문해력

70~71쪽

1

올림픽
4년에 한 번, 각 나라를 대표하는 운동선수들이 한곳에 모여서 서로의 기량을 뽐내는 것

올림픽의 기원
고대 그리스에서 영웅이나 신을 기리던 **제 례** 행사에서 시작됨.

올림픽의 역사
1896년 그리스 아테네에서 제1회 올림픽이 열렸으며, 오늘날까지 개최되고 있음. 한국에서는 1988년 **서 울** 올림픽과 2018년 **평 창** 동계 올림픽이 열렸음.

2 (3) ○ (4) ○

3 **예시답안** 텔레비전을 통해 보았다. 세계 여러 나라의 선수들이 기량을 뽐내는 것이 멋있었다. 가장 기억에 남는 경기는 화살을 쏘아서 점수를 매기는 양궁이었다. 우리나라가 금메달을 따서 좋았다.

채점 Tip
1) 올림픽이 무엇인지 이해하고 있는지 확인해 보아요.
2) 인상 깊었던 올림픽 경기 종목을 적어도 좋아요.
3) 올림픽 경기를 본 경험이나 감상을 자유롭게 적어 보아요.

4 (1) ㉢ (2) ㉡ (3) ㉣ (4) ㉠

5 (1) 관중 (2) 기량

6 개최
행사나 모임을 주장하고 기획하여 여는 것을 뜻하는 '주최'는 '행사나 경기를 여는 것.'인 '개최'와 뜻이 비슷합니다.

생각글 1 국립한글박물관을 다녀와서

74~75쪽

한글날 아침, '나'와 가족은 용산에 있는 국립한글박물관으로 향했습니다. 엄마는 한글이 정말 특별하게 만들어진 뛰어난 문자이기 때문에 한글날을 만들어서 기념하는 것이라고 설명해 주셨습니다. '나'는 박물관을 관람한 뒤 한글의 역사와 특징을 알게 되었고, 한글에 대한 자부심을 느끼게 되었습니다.

| 1 한글 | 2 ④ | 3 ③ | 4 (3) ○ |

1 '나'는 한글날을 맞이하여 가족들과 국립한글박물관에 다녀왔습니다. 그곳에서 한글의 탄생 이야기를 알게 되고, 한글을 더 소중히 여겨야겠다는 마음을 먹게 됩니다. 따라서 빈칸에 들어갈 말로 알맞은 것은 한글입니다.

2 '나'는 국립한글박물관을 관람하고 한글을 만든 사람과 만든 이유, 한글이 탄생한 시기, 한글날이 만들어진 이유에 대해 알게 되었습니다. 그렇지만 한글로 쓴 최초의 소설에 대해서는 알 수 없었습니다.

3 ㉠은 얕은 물웅덩이를 걸을 때 나는 소리나 모양을 흉내 낸 말이고, ㉡은 짜장면을 먹을 때 나는 소리나 모양을 흉내 낸 말입니다. 하지만 ③ '이판사판'은 '막다른 데 이르러 어찌할 수 없는 것.'을 뜻하는 말로 소리나 모양을 흉내 내는 말이 아닙니다.

4 이 글을 통해 세종 대왕이 백성들도 글을 읽고 쓸 줄 아는 세상을 꿈꾸며 수년간 연구하여 훈민정음을 만들었다는 것을 알 수 있습니다. 따라서 이 글을 읽고 떠올린 장면으로 알맞은 것은 세종 대왕이 한글을 만들기 위해 밤낮없이 책을 들여다보며 연구하는 것입니다.

오답풀이

(1) 백성들은 중국에서 들여온 한자를 읽고 쓰기가 힘들었습니다.
(2) 세종 대왕은 1443년 훈민정음이라는 글자를 만들고, 1446년에 『훈민정음』이라는 책을 만들어 글자를 세상에 널리 알렸습니다.

생각글 2 한글 창제의 원리

76~77쪽

조선 시대에 세종 대왕은 한자를 쓰지 못하는 백성들을 위해 우리 글자 한글을 만들었습니다. 한글 자음은 사람의 발음 기관을 본떠서 만들었습니다. 한글 모음은 하늘, 땅, 사람의 모양을 본떠서 만들었습니다. 한글은 글자마다 소리가 들어 있는 소리글자이기 때문에 적은 수의 글자로도 거의 모든 소리를 적을 수 있으며, 누구나 배우기 쉽습니다.

내용요약 자음, 모음

| 1 ⑤ | 2 (1) ② (2) ③ (3) ① | 3 ㉡ |

1 이 글은 세종 대왕이 만든 한글의 창제 원리를 소개하고 있습니다. 한글은 소리글자이며, 자음은 발음 기관을, 모음은 하늘과 땅과 사람 모양을 본떠서 만들었습니다. 따라서 이 글을 쓴 목적으로 알맞은 것은 한글이 만들어진 원리를 알려 주기 위해서임을 알 수 있습니다.

2 'ㅅ'은 이의 모양을 본떠서 만든 글자이며, 'ㅇ'은 목구멍 모양을 본떠서 만든 글자입니다. 또한 'ㅡ'는 땅의 평평한 모양을 본떠서 만든 글자입니다.

3 한글은 한자가 뜻글자라서 배우기 어려워하는 백성을 위해 만들어진 소리글자입니다. 따라서 우리 글자는 뜻글자로 만드는 것이 좋겠다고 한 '학자 1'의 말이 알맞지 않습니다.

오답풀이

세종 대왕: 세종 대왕이 한글을 만든 이유는 한자를 모르는 백성들을 위해 우리말과 잘 맞는 글자를 만들기 위해서였습니다. 그래서 한글 자음은 발음 기관을 본떠서 만들게 됩니다.

학자 2: 자음은 발음 기관을 본떠서 만든 글자로, 목이나 혀와 입을 거치는 소리를 표현하였습니다. 그래서 우리말과 딱 맞아떨어집니다.

78~79쪽

1

한글의 역사	• 세종 대왕이 1443년에 만든 글자임. • 세종 대왕은 1446년에 『훈민정음』이라는 책을 통해 새로 만든 글자를 세상에 널리 알림.
한글의 특징	• 한글은 글자가 소리를 나타내는 소리글자임. • 한글 자음의 기본 글자는 발음 기관의 모양을 본떠서 만든 글자임. • 한글의 모음은 하늘, 땅, 사람의 모양을 본떠서 만든 글자임. • 자음과 모음을 조합해서 거의 모든 소리를 적을 수 있음.

2 (3) ○ (4) ○

3 (예시답안) 우리말을 그대로 적을 수 있는 한글을 만들어 주셔서 감사합니다. 덕분에 중국의 한자를 쓰지 않고도 우리말을 글로 쓸 수 있게 되었습니다. 24개의 글자만 알면 모든 말을 쓸 수 있다니 정말 훌륭한 글자입니다.

(채점 Tip)
1) 한글이 뛰어난 이유를 적어 보아요.
2) 한자 대신 한글을 쓰는 좋은 점을 적어도 좋아요.
3) 한글이 적은 수의 글자로도 많은 소리를 표현할 수 있다는 내용을 포함하면 좋아요.

4 (1) 소리글자 (2) 문자 (3) 자음 (4) 모음

5 (1) 훈민정음 (2) 자음

6 (1) 문자 (2) 소리글자

생각주제 **12**
왜 더불어 살아야 할까?

생각글 **1**
구멍 뚫린 항아리

80~81쪽

조선 영조 때의 큰 부자였던 류이주는 집 뒤주에 쌀을 가득 채워 놓고, 배고픈 사람들이 쌀을 가져갈 수 있도록 하였습니다. 동네 사람들은 배가 고플 때마다 쌀을 꺼내 갔습니다. 사람들은 자기가 먹을 만큼만 쌀을 가져갔고, 빌려 간 쌀을 도로 채워 놓기도 하였습니다.

(내용요약) 부자
1 ④   2 ㉡   3 리나

1 류이주가 뒤주에 칼로 타인능해라는 글자를 새긴 것은 배고픈 사람은 누구든 뒤주에서 쌀을 꺼내 가라고 쓴 것입니다.

2 보기의 김만덕은 영조 때 제주도에 살았던 큰 부자입니다. 김만덕은 태풍으로 큰 피해가 일어나자 자신의 전 재산으로 쌀을 사서 사람들의 목숨을 구했습니다. 따라서 류이주와 김만덕의 공통점으로 알맞은 것은 재산을 다른 사람을 돕기 위하여 쓴 것입니다.

3 이 글은 배고픈 마을 사람들을 도운 류이주의 이야기를 담고 있습니다. 부자일수록 어려운 사람을 위해 베풀어야 더 살기 좋은 세상이 된다는 리나의 생각이 적절합니다.

(오답풀이)
연아: 쌀을 나눠 주지 않았다는 말은 류이주의 선행에 대해 글에 나타난 내용과 다릅니다.
준석: 힘들게 모은 재산을 모두 자식에게 물려주었다는 말은 글에 나타난 내용과 다릅니다.

생각글 2 더불어 사는 삶

82~83쪽

어려운 이웃을 돕기 위해 자신의 것을 기꺼이 나누는 기부 문화는 예로부터 이어져 내려왔습니다. 부자들은 사회적 책임에 따라 좀 더 많은 기부를 하였습니다. 오늘날에도 여러 사람이 기부를 실천하고 있습니다. 더 나은 세상을 만들기 위해서는 서로 도우며 살아야 합니다.

내용요약 사회적 책임
1 ③   2 ④   3 ㉰

1 이 글은 돈과 힘을 많이 가진 사람이 그렇지 못한 사람에게 베푸는 사회적 책임에 대해 다루고 있습니다. 따라서 글쓴이가 이 글을 쓴 목적은 부자의 사회적 책임을 설명하려는 것입니다.

2 2문단에서 류이주, 김만덕, 최 부자는 사회적 책임을 실천했기에 오늘날까지도 존경받는 인물이 되었다고 나와 있습니다.

3 자신이 근검절약하여 모은 재산을 사회에 기부한 부자는 사회적인 책임을 실천했다고 볼 수 있습니다.

배경지식

기업의 사회적 책임 (CSR)
부자에게 사회적 책임이 있듯이, 기업에도 사회적 책임이 있습니다. 기업이 자신의 이익만을 위해 행동하면 노동자들을 착취하거나 환경을 오염시키는 등 다양한 문제가 일어나게 됩니다. 따라서 기업도 윤리적 책임을 져야 한다는 생각이 '기업의 사회적 책임'입니다. 그래서 기업은 기부나 환경 복원 활동으로 사회적 책임을 다하려고 노력합니다.

 익힘학습 **자란다** **문해력**

84~85쪽

1

기 부	많이 가진 사람이 덜 가진 사람을 돕는 문화
부자의 사회적 책임	부자는 남들보다 돈이나 명예를 더 많이 가졌기 때문에 더 많이 베풀고 기부해야 한다는 것
조선 시대에 사회적 책임을 실천한 인물	류 이 주 , 김만덕, 최 부자
오늘날 사회적 책임을 실천한 인물	빌 게이츠, 유일한

2 (1) ○

3 **예시답안** 더 많이 가졌기 때문에 어려운 사람들에게 베풀며 살아가야 한다. 많이 가진 사람이 덜 가진 다른 사람을 돕는다면 우리 사회는 더 살기 좋게 변할 것이다.

채점 Tip
1) 부자의 사회적 책임에 대해 잘 이해하고 있는지 확인해 보아요.
2) 부자들이 사회적 책임을 실천하면 우리 사회는 어떻게 변할지 적어 보아요.
3) 부자들의 기부와 관련된 이야기를 적어도 좋아요.

4 (1) 책임 (2) 실천 (3) 재산 (4) 기부

5 책임

6 기부
선물이나 기념으로 남에게 물품을 거저 주는 것을 나타내는 '기증'은 '형편이 어려운 사람을 돕기 위하여 돈이나 물건 등을 대가 없이 내놓음.'인 '기부'와 뜻이 비슷합니다.

생각글 1 내 용돈, 다 어디 갔어?

86~87쪽

'나'는 용돈을 받자마자 바로 써 버려서 친구 민주의 선물을 살 돈이 부족합니다. '나'는 남은 돈 사천이백 원을 들고 문방구에 갑니다. 그러나 사고 싶은 선물은 모두 사천이백 원보다 비쌉니다. 마지막으로 분홍색 젤리 샤프의 가격을 물어보지만, 삼백 원이 모자랍니다.

1 ⑤	2 ②	3 현주	4 ㉮

1 '나'는 용돈을 저금하지 않고 바로 써 버려서 민주의 선물을 살 돈이 모자랍니다. 그래서 그 문제를 해결하기 위해 문방구에 가 보지만, 가지고 있는 돈으로 살 수 있는 선물이 없어 짜증이 나게 됩니다.

2 '내'가 가진 돈은 사천이백 원인데, 캐릭터 가방은 칠천 원입니다. 가격이 너무 비싸서 살 수가 없어서 다른 쪽으로 간 것입니다.

오답풀이

① '나'는 캐릭터 가방을 살 돈이 부족해서 필통을 집어 들었습니다.
③ '나'는 가방을 살 돈이 부족합니다.
④ 다른 친구들이 민주에게 무엇을 선물할지는 알 수 없습니다.
⑤ 문방구 아줌마는 나가라는 말을 하지 않았습니다.

3 '나'는 용돈을 계획한 대로 쓰기보다는 받자마자 써 버리는 아이입니다. 현주는 준비물을 사야 할 돈으로 운동화를 사서 준비물을 살 수가 없습니다. '나'와 비슷한 친구는 현주입니다.

4 '나'는 친구 동민이처럼 저금을 많이 하지 못한 것을 후회하고 있습니다. 따라서 용돈을 잘 쓰는 법을 모르며, 지혜롭게 소비하는 방법을 배우는 것이 필요하다는 감상이 적절합니다.

 생각글 2 합리적인 선택

88~89쪽

합리적인 선택이란 내가 가진 돈의 범위 안에서 더 만족스러운 것을 고르는 것입니다. 합리적인 선택을 하기 위해서는 기회비용을 따져야 합니다. 한정된 돈과 시간을 잘 쓰고 싶다면 기회비용이 작아서 만족감이 높은 것을 골라야 합니다.

내용요약 돈, 시간
1 ④   2 (1) ○ (4) ○   3 ㉡

1 글쓴이가 이 글을 쓴 목적은 합리적인 선택을 하는 방법을 알려 주기 위해서입니다. 합리적인 선택을 하기 위해서는 기회비용이 작아서 만족감이 높은 것을 골라야 합니다.

2 (1) 2문단에 사람들이 쓸 수 있는 돈은 그 양이 한정되어 있다고 나와 있습니다.
(4) 5문단에 기회비용이 작은 것을 고르면 만족도는 더 높아진다고 나옵니다. 따라서 합리적인 선택을 하기 위해서는 기회비용이 작아야 합니다.

오답풀이

(2) 1문단에서 돈을 쓰는 경제 활동은 우리 사회를 유지해 주기 때문에 아주 중요하다고 설명합니다. 따라서 돈은 무조건 안 쓰고 아끼는 것이 좋다는 설명은 이 글의 내용으로 알맞지 않습니다.
(3) 합리적인 선택이란 내가 가진 돈으로 만족스러운 소비를 하는 것입니다. 따라서 합리적인 선택을 하기 위해서는 만족감이 작아야 한다는 설명은 적절하지 않습니다. 만족감이 커야 합니다.

3 합리적인 선택은 만족도가 높고, 기회비용은 작은 것을 골라야 합니다. ㉡의 예지는 가격이 같지만 만족도가 더 높은 연필을 골랐기 때문에 합리적 선택을 했다고 볼 수 있습니다.

익힘학습 자란다 문해력

90~91쪽

1

합리적인 선택		
내가 가진 돈의 범위 안에서 가장 만족스러운 것을 고르는 일		
예1 내 용돈, 다 어디 갔어?	예2 합리적인 선택	예3
이럴 줄 알았으면 동민이처럼 저금을 많이 하는 건데, 용돈을 받자마자 바로 써 버렸던 것이 후회가 되었다.	군것질을 하는 것에 9만큼 만족하고 저금하는 것에 3만큼 만족한다면 군것질을 선택하는 것	

예시답안 엄마 생신 선물을 사는 데 5,000원을 쓰고, 군것질 3,000원을 포기하였다. 선물을 받고 기뻐하시는 엄마를 보니 군것질 대신 선물을 사기를 잘했다.

2 (2) ○

3 예시답안 무턱대고 돈이나 시간을 쓰면 정작 써야 할 때 쓸 돈이나 시간이 없기 때문이다. 따라서 합리적 선택을 하면 만족스럽게 돈과 시간을 쓸 수 있다.

채점 Tip
1) 합리적인 선택에 대해 잘 이해하고 있는지 확인해 보아요.
2) 합리적 선택을 해야 하는 이유를 알맞게 썼는지 확인해 보아요.
3) 합리적인 선택을 할 때 나타날 결과에 대해 적어도 좋아요.

4 (1) ㉡ (2) ㉠ (3) ㉣ (4) ㉢

5 (1) 합리적 (2) 경제 활동

6 선택
행동이나 태도를 분명하게 정하는 것을 나타내는 '결정'은 '여럿 가운데서 마음에 들거나 필요한 것을 골라서 정하는 것.'인 '선택'과 뜻이 비슷합니다.

생각글 1 따끔따끔 우리가 전기에 중독되었다고?

92~93쪽

많은 사람이 전기의 신비를 밝히기 위해 연구하였습니다. 1752년 프랭클린은 금속 선을 단 연을 구름 위에 날려 번개가 전기 현상임을 밝혀냈습니다. 기원전 600년경 탈레스는 호박 실험으로 정전기를 연구했고, 1600년 영국의 윌리엄 길버트는 '전기'라는 말을 처음으로 사용하였습니다.

1 전기 2 ② 3 ㉯, ㉮, ㉰ 4 ㉯

1 이 글은 전기 현상에 대해 알아내기 위해 오랜 시간 동안 여러 사람이 연구하였음을 설명하고 있습니다. 따라서 빈칸에 들어갈 말로 알맞은 것은 전기입니다.

2 프랭클린은 라이덴병 실험으로 번개가 하나의 전기 현상임을 알아냈습니다. 또한 탈레스는 호박 실험으로 정전기를 발견하였습니다. 길버트는 자석과 나침반의 원리를 연구하고 '전기'라는 말을 처음 사용하였습니다. 이러한 사례들의 공통점은 전기와 관련된 과학적 사실을 밝혀내기 위해 연구하여 성공한 것입니다.

3 기원전 600년경 탈레스는 호박 실험으로 정전기를 알아냈습니다. 그리고 1600년 윌리엄 길버트는 '전기'라는 말을 처음 사용했고, 1752년 프랭클린은 라이덴병 실험으로 번개가 전기 현상임을 밝혀냈습니다.

4 4문단에 고대 그리스 시대부터 눈에 보이지도 않는 전기의 신비는 특별하고 새롭고 기묘한 주제였다고 나와 있습니다. 따라서 ㉠의 이유로 알맞은 것은 ㉯입니다.

오답풀이
㉮ 옛날 사람들은 번개가 신이 인간을 벌하기 위해 만든 것이라고 생각했습니다. 이러한 생각은 프랭클린의 라이덴병 실험으로 바뀌게 됩니다.

전기는 물체가 일을 하게 하는 에너지입니다. 전기 에너지는 다른 에너지로 쉽게 바뀔 수 있어서 우리 생활에서 다양한 전기 제품에 쓰입니다. 전기 제품에 쓰이는 전기는 발전소에서 생산되어 우리 집까지 오게 됩니다.

내용요약 전기, 에너지
1 ①   2 (1) ① (2) ③ (3) ②   3 (2) ○

1 2, 3문단에서 전기 에너지는 다른 에너지로 쉽게 바꿀 수 있음을 알 수 있습니다.

오답풀이
② 정전기는 전기의 일종이나 전기 제품에 쓰이는 전기는 아닙니다.
③ 형광등은 전기 에너지를 빛 에너지로 바꾼 것입니다.
④ 4문단에서 알 수 있듯이, 전기를 만드는 발전소는 여러 가지가 있습니다.
⑤ 전기를 만드는 과정에서 환경이 오염되고 지구 온난화가 심해집니다.

2 (1) 전기 에너지는 빛 에너지로 바뀌어서 백열등의 빛을 냅니다.
(2) 전기 에너지는 열에너지로 바뀌어서 헤어드라이어의 뜨거운 바람을 만듭니다.
(3) 전기 에너지는 운동 에너지로 바뀌어서 전기 자동차를 움직입니다.

3 바람을 이용하여 전기 에너지를 얻는 발전소는 풍력 발전소입니다. 제주도에서 볼 수 있는 큰 바람개비로 전기 에너지를 만듭니다. 따라서 (2)가 풍력 발전소임을 알 수 있습니다.

배경지식
신재생에너지
신재생에너지는 화석 연료를 대체할 에너지로, 화학 반응을 통해 전기나 열을 일으키는 '신에너지'와 에너지의 원료가 친환경적인 '재생에너지'가 합쳐진 말입니다. 신재생에너지는 태양광, 태양열, 풍력, 수력, 지열 등 다양한 방식을 이용하여 에너지를 얻습니다. 신재생에너지는 화석 연료의 고갈과 지구 온난화 등의 문제에 대한 해결책이 될 수 있습니다.

1

전기 에너지
전자의 움직임에 의해 생기는 것으로, 빛, 열, 운동 등 다른 **에너지**로 쉽게 바뀌어 전기 제품을 작동시킴.

전기 에너지의 발견	전기를 생산하는 발전소
과학자 프랭클린은 금속 선을 단 연 실험을 통해 **번개**가 신이 내린 벌이 아니라 전기 현상임을 발견하였음.	• 물을 이용한 수력 발전소 • 화석 연료를 이용한 화력 발전소 • 바람을 이용한 풍력 발전소 • 썰물과 밀물을 이용한 조력 발전소 • 태양열을 이용한 태양광 발전소

2 (1) ○ (3) ○

3 **예시답안** 둘 다 전기 현상이라는 것이다. 번개는 비구름에서 전기가 흘러나오는 것이고, 백열등은 전기 에너지가 빛 에너지로 바뀌어서 방 안을 밝혀 주는 것이다.

채점 Tip
1) 다양한 전기 현상을 이해했는지 확인해 보아요.
2) 번개가 일어나는 이유를 적어 보아요.
3) 백열등이 빛을 내는 이유를 적어 보아요.

4 (1) 발전소 (2) 에너지 (3) 조력 (4) 정전기

5 (1) 전기 (2) 정전기

6 (1) ㉠ (2) ㉡
(1) ㉡은 '인간이 활동하는 근원이 되는 힘.'이란 뜻으로 주제 어휘와 다른 뜻입니다.
(2) ㉠은 '한 사람의 일생 동안의 행적을 적은 기록.'이란 뜻입니다.

이중섭

98~99쪽

이중섭은 땅을 박차고 힘차게 달려 나가는 소를 그리고 싶었습니다. 그래서 아주 굵은 붓질을 이용하여 힘찬 먹선으로 소를 표현하였습니다. 그 결과 강렬한 생동감이 느껴지는 소를 그릴 수 있었습니다. 이중섭의 작품은 공모전에서 입선하게 됩니다.

---

1 소 　**2** ⑤ 　**3** (3) 　**4** ⑤

---

1 자신만의 그림을 그리고 싶었던 이중섭은 달려 나가는 소의 모습을 힘찬 먹선으로 표현하여 그리게 됩니다. 따라서 빈칸에 들어갈 낱말은 '소'입니다.

2 이중섭이 그린 소 그림은 강렬한 생동감이 있었다고 하였습니다.

오답풀이

① 이중섭은 땅을 박차고 힘차게 달려 나가는 소의 모습을 그렸습니다.

② 이중섭은 어린 시절에 평양의 강과 들을 누비며, 소와 함께 깨고 자고 뒹굴며 지냈기 때문에 도시에서 살았다고 볼 수 없습니다.

③ 이중섭은 힘찬 먹선으로 소의 모습을 표현했습니다. 따라서 여러 가지 색깔의 소를 그렸다고 볼 수 없습니다.

④ 이중섭의 작품은 공모전에서 입선하였습니다.

3 이중섭이 '다시 처음의 마음가짐으로 돌아가 소를 그림의 소재로 삼았던 계기를' 떠올렸고, 그것은 소가 우리 민족과 가까운 가장 동양적인 동물이기 때문이었다고 나와 있습니다. 따라서 정답으로 알맞은 것은 (3)입니다.

4 ㉤에서 흐뭇한 미소가 떠오른 것은 이중섭의 얼굴입니다.

오답풀이

㉠~㉣에서 설명하고 있는 것은 이중섭이 그린 그림 속의 소의 모습입니다.

이중섭의 그림 세계

100~101쪽

이중섭이 주로 그린 소재들은 그의 삶과 관계가 있습니다. 어릴 때부터 소를 보고 자란 이중섭은 우리 민족을 나타내는 소를 자주 그렸습니다. 또 자연 속에서 노는 아이들과 가족의 모습을 그려 아이들을 행복하게 해 주고 싶은 마음과 가족에 대한 그리움을 담았습니다.

내용요약 소재, 아이들

1 ④ 　**2** 3 　**3** (3) ○

---

1 이중섭은 일본에 사는 부인과 두 아들에게 자주 그림이 그려진 엽서를 보내곤 하였습니다. 따라서 이중섭이 가족들에게 글만 적힌 엽서를 많이 보냈다는 설명은 이 글의 내용으로 맞지 않습니다.

오답풀이

① 2문단에 어릴 때부터 소를 보고 자란 이중섭은 소 그리기를 좋아했다고 나와 있습니다.

② 1문단에 이중섭이 그린 소재들은 모두 그의 삶에서 나온 것임이 나와 있습니다.

③ 1문단에서 이중섭이 평생 몇 가지 소재만을 주로 그렸음을 알 수 있습니다.

⑤ 3문단에서 이중섭이 아이들과 게, 물고기, 꽃, 나비 등이 어우러진 그림을 그렸음을 알 수 있습니다.

2 보기에서는 이중섭이 첫아이를 잃고, 관 속에 복숭아를 가지고 노는 아이들 그림을 그려 함께 넣어 주었던 일화를 소개하고 있습니다. 이 글의 3문단에서 이중섭이 자연 속에서 행복하게 노는 아이들을 자주 그렸다고 설명하고 있으므로 보기의 내용과 관련 있는 문단은 3입니다.

3 이중섭이 하얀 소를 그린 까닭은 우리 민족이 예로부터 하얀 옷을 즐겨 입었기 때문입니다. 따라서 우리 민족의 모습을 소를 통해 대신 나타낸 것으로 볼 수 있습니다.

익힘학습 자란다 문해력

102~103쪽

1

┌─────────────────────────┐
│ **이중섭의 그림 세계** │
│ 이중섭은 그림으로 자신의 삶을 표현했으며, │
│ 몇 가지 소재를 반복하여 그렸음. │
└─────────────────────────┘

소	자연 속에서 노는 아이들	가족
• 우리 민족의 혼을 나타내는 소재임. • 힘찬 **먹선**으로 살아 움직이는 것처럼 표현함.	• 벌거벗은 아이들이 자연에서 춤추는 모습을 그렸음. • **은박지** 그림에도 많이 등장함.	• 부인과 두 아들에게 보낸 엽서에 그린 그림. • 주로 **가족**들이 다 함께 모인 화목한 모습을 그림.

2 (1) ○ (3) ○

3 예시답안 마치 소가 살아서 움직이는 것처럼 보였다. 강한 먹선으로 소를 그려서 더욱 멋있었다. 나도 나만의 소를 그려 보고 싶어졌다.

채점 Tip
1) 이중섭의 소 그림을 보고 느낀 점을 자유롭게 적어 보아요.
2) 이중섭 소 그림의 특징을 적어도 좋아요.
3) 나만의 소 그림을 그리면 어떨지 적어 보아도 좋아요.

4 (1) 먹선 (2) 생동감 (3) 소재 (4) 예술

5 (1) 먹선 (2) 생동감 (3) 소재 (4) 혼

6 혼
몸이 죽은 후에도 남는 영혼을 나타내는 '정신'은 '사람의 몸속에 있으면서 정신과 몸을 다스리는 것.'인 '혼'과 뜻이 비슷합니다.

생각글 1 지성이면 감천

106~107쪽

'지성이면 감천'이라는 속담은 무언가에 정성을 다하면 하늘도 감동하여 도와준다는 뜻입니다. 이 속담에는 한 이야기가 전해져 내려옵니다. 몸이 불편한 지성이와 감천이는 서로를 도우며 힘든 상황을 이겨 내려 애썼습니다. 그러자 하늘이 도와 결국 둘의 병이 낫게 되었습니다.

내용요약 속담
1 ③ **2** (3) ○ (4) ○ **3** (1) ○

1 옹달샘에서 커다란 금덩이를 발견한 지성이와 감천이는 서로에게 금덩이를 양보했습니다. 또한 둘은 지나가던 나그네와 사냥꾼에게 금덩이를 주려고 했으며, 결국 길을 가다 마주친 스님에게 금덩이를 시주했습니다. 따라서 지성이와 감천이는 금덩이에 욕심을 내지 않았습니다.

오답풀이
① 2문단에 지성이는 걷지 못했고, 감천이는 눈이 보이지 않았다고 나와 있습니다.
② 2문단에 둘은 서로를 도우며 지냈다고 나와 있습니다.
④ 3문단에 지성이와 감천이가 옹달샘에서 금덩이를 발견한 내용이 나옵니다.
⑤ 지성이와 감천이가 스님에게 시주를 하자, 스님은 두 사람에게 백일기도를 하라고 권했음을 4문단에서 알 수 있습니다.

2 지성이와 감천이가 금덩이를 욕심 없이 스님에게 드리자 스님은 둘에게 백일기도를 하라고 권했습니다. 그리고 두 사람이 정성을 다해 백일기도를 하자, 지성이의 다리와 감천이의 눈이 나았습니다.

3 '지성이면 감천'이라는 속담은 불가능해 보이는 일도 포기하지 않고 노력하면 이룰 수 있다는 교훈을 담고 있습니다. 따라서 '지성이면 감천'의 교훈을 잘 실천한 친구는 달리기를 못했지만 매일 연습해서 결국 운동회에서 우승한 (1)입니다.

생각글 2

속담에 담긴 조상들의 지혜

108~109쪽

속담은 옛날부터 전해 오는 생활 모습이 담긴 말씀이라는 의미입니다. 이러한 속담 속에는 옛사람들의 삶의 모습과 인생의 지혜가 담겨 있습니다. 그래서 오랜 세월 동안 전해지며 지금도 널리 쓰이고 있습니다.

내용요약 지혜

1 ⑤   **2** ②   **3** 소 잃고 외양간 고친다

---

1 이 글은 다양한 속담을 소개하고 있습니다. 이러한 속담에는 옛사람들의 삶의 모습과 인생의 지혜가 담겨 있습니다. 따라서 속담에 조상들의 지혜가 담겨 있음을 알리려는 것이 이 글을 쓴 주된 목적입니다.

2 5문단에서 속담이 오랜 세월 입에서 입으로 전해지며 지금도 널리 쓰이고 있다고 설명합니다. 따라서 오늘날에는 속담을 많이 사용하지 않는다는 설명은 이 글의 내용과 맞지 않습니다.

3 영하는 부모님의 충고를 듣지 않고 책가방 지퍼를 꼭 닫지 않고 다니다가 친구에게 선물로 받은 필통을 잃어버립니다. 그 후 가방 지퍼를 잘 닫고 다니게 되었다는 점에서 가방 지퍼를 닫고 다니는 것을 미루다가 손해를 보고 나서야 후회했음을 알 수 있습니다. 따라서 이 상황에서 쓸 수 있는 속담은 '소 잃고 외양간 고친다'입니다.

 익힘학습 **자란다** 문해력

110~111쪽

1
	속담에 담긴 조상들의 지혜
속담의 뜻	옛날부터 전해 오는 생활 모습이 담긴 **말씀**
속담의 좋은 점	• 조상들의 삶의 모습과 풍속을 익히는 데 도움이 됨. • 어떤 상황을 짧고 재치 있는 구절로 표현할 수 있음.
속담의 예	• 낫 놓고 기역 자도 모른다 • 소 잃고 외양간 고친다 • 가는 날이 장날

지성이면 감천

몸이 불편한 지성이와 감천이가 서로 도우며 지내다가 금덩이를 얻어 스님에게 시주하고 백일기도를 드린 뒤 지성이는 다리가 낫고, 감천이는 눈이 나음. 이 이야기에서 정성을 다하면 하늘도 도와준다는 뜻의 '지성이면 감천'이라는 속담이 만들어짐.

2 (4) ○

3 **예시답안** '지성이면 감천'이다. 글쓰기를 꾸준히 했더니 실력이 늘어서 독후감 대회에서 상을 받게 되었기 때문이다.

채점 Tip
1) 가장 기억에 남는 속담이 무엇인지 적어 보아요.
2) 속담이 기억에 남는 까닭을 적어 보아요.
3) 속담과 관련된 자신의 경험이 있다면 적어 보아요.

4 (1) 교훈 (2) 정성 (3) 속담 (4) 지혜

5 (1) 정성 (2) 지혜 (3) 재치 (4) 속담

6 교훈
일러 주어 알게 하거나 익히게 하는 '가르침'은 '깨우치게 가르치는 것'인 '교훈'과 뜻이 비슷합니다.

생각글 1 알면 보물 모르면 고물, 지도

112~113쪽

'나'와 삼촌은 보물 지도를 가지고 보물을 찾으러 갔습니다. 삼촌은 '나'에게 지도에 암호가 숨겨져 있다는 것을 알려 줍니다. 그 암호란 지도에 정해진 약속이었습니다. 삼촌은 지도의 암호를 풀어내어 보물의 위치를 알아냈고, '나'와 삼촌은 그 위치에서 보물 상자를 발견하였습니다.

---

1 ③　　2 ③　　3 ④　　4 (2)

---

1 '나'와 삼촌은 보물 지도의 암호를 풀어내어 보물을 찾게 됩니다. 따라서 이 글에서 중심이 되는 내용은 삼촌과 보물 찾기입니다.

2 지도만 보고는 보물을 찾지 못하겠다는 '나'에게 삼촌은 지도에 암호가 숨어 있다고 알려 줍니다. '나'는 삼촌이 지도의 암호를 하나하나 풀어내는 것을 신기하게 바라봅니다. 따라서 삼촌은 보물의 위치를 지도의 암호를 풀어서 찾아냈다고 볼 수 있습니다.

3 ㉠은 보물 상자 안에 있었던 종이를 가리킵니다. 이 종이에는 삼촌이 최우수 직원으로 뽑혔으며, 표창을 받고 승진하게 될 예정이라고 적혀 있었습니다. 이러한 내용을 봤을 때, 진짜 보물로 알맞은 것은 ㉴입니다.

4 지도는 방위, 기호, 축척, 등고선 등의 정보가 담겨 있는 것입니다. 지도는 이러한 약속대로 그려서 누구나 지도를 보고 길을 찾아갈 수 있도록 한 것입니다. 따라서 지도로 알맞은 것은 (2)임을 알 수 있습니다.

배경지식

방위를 알 수 있는 방법

방위는 동서남북의 네 방향을 기준으로 하여 나타내는 위치입니다. 이러한 방위는 나침반을 이용해 쉽게 알 수 있는데, 나침반의 빨간색 바늘이 가리키는 쪽이 북쪽입니다. 만약 나침반이 없다면 해가 뜨는 쪽은 동쪽이고, 지는 쪽은 서쪽입니다. 또 밤에 북극성이 떠 있는 쪽이 북쪽이라는 점을 활용하여 방위를 알 수도 있습니다.

생각글 2 지도란 무엇일까?

114~115쪽

지도는 약속한 기호를 사용하여 지구 표면의 일부나 전부를 일정한 비율로 줄여 평면에 나타낸 것을 의미합니다. 이러한 지도의 원칙에는 지도를 줄여서 그려야 한다는 것과 지리 정보를 담고 있어야 한다는 것 그리고 방향을 알려 주어야 하며 기호로 나타낸다는 것 등이 있습니다.

---

1 ③　　2 ④　　3 (1) ㉡ (2) ㉠　　4 ㉠

---

1 이 글은 지도의 뜻과 지도의 몇 가지 원칙을 설명하고 있습니다. 따라서 이 글에서 설명하는 대상은 '지도'라고 볼 수 있습니다.

2 3문단에서 지리 정보란 산·강·계곡 같은 땅의 모양, 학교·집 같은 땅 위에 있는 것들, 과수원·밭 같은 땅을 이용하고 있는 용도 등을 말한다고 나와 있습니다.

오답풀이

① 4문단에 지도에는 방위가 표시되어 있다고 나와 있습니다.

② 2문단에서 지도는 실제보다 작게 줄여서 그려야 함을 알 수 있습니다.

③ 3문단에 땅의 모양을 그린 그림이라고 해서 무조건 지도가 되는 것은 아니라고 나와 있습니다.

⑤ 지도는 크기를 줄여서 그리기 때문에 집은 간단한 모양으로 바꿔서 그려야 한다고 5문단에서 설명하고 있습니다.

3 지도에서 산과 학교를 기호로 나타낸 것은 각각 산과 학교의 모양을 본떠 간단히 나타낸 것입니다. 산과 학교의 모양을 간단히 나타낸 부호를 찾아봅니다.

4 이 글은 지도의 몇 가지 원칙을 설명하고 있습니다. 따라서 이 글을 통해 알 수 있는 것은 지도에 무엇이 담겨 있는지 알 수 있어 지도를 읽을 수 있다는 것입니다.

익힘
학습 **자란다** 문해력

116~117쪽

1

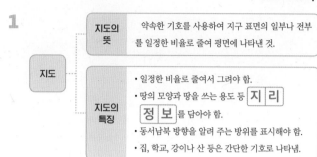

| 지도의 뜻 | 약속한 기호를 사용하여 지구 표면의 일부나 전부를 일정한 비율로 줄여 평면에 나타낸 것. |

지도

지도의 특징
• 일정한 비율로 줄여서 그려야 함.
• 땅의 모양과 땅을 쓰는 용도 등 지 리 정 보 를 담아야 함.
• 동서남북 방향을 알려 주는 방위를 표시해야 함.
• 집, 학교, 강이나 산 등을 간단한 기호로 나타냄.

2 (2) ○

3 예시답안 지도에서 약속한 기호를 보고 길을 쉽게 찾을 수 있기 때문이다. 친구네 집을 찾아갈 때도 지도를 이용해서 쉽게 갈 수 있었다.

채점 Tip ▶
1) 지도가 무엇인지 그 뜻을 이해하고 있는지 확인해 보아요.
2) 사람들이 지도를 쓰는 이유를 적어 보아요.
3) 지도를 이용해 본 자신의 경험을 적어도 좋아요.

4 (1) 표면 (2) 기호 (3) 지도 (4) 비율

5 (1) 방위 (2) 기호

6 방위
일정한 곳에 자리를 차지하다를 나타내는 '위치'는 '동서남북을 기준으로 삼아서 정한 방향.'인 '방위'와 뜻이 비슷합니다.

생각글
1 일기 예보

118~119쪽

일기 예보는 앞으로의 날씨를 미리 알려 주는 것입니다. 일기 예보는 1850년대 프랑스에서 처음 시작되어 오늘날까지 이어지고 있습니다. 일기 예보는 기온과 날씨 외에도 안개, 황사, 태풍, 밀물과 썰물에 대한 정보를 제공해 줍니다.

내용요약 일기 예보
1 ④   2 ⓒ   3 ㉠, ㉡

1 이 글에서는 일기 예보의 정확성에 대해서는 다루고 있지 않습니다.

오답풀이
① 1문단에서 일기 예보의 뜻을 알 수 있습니다.
② 2문단에서 일기 예보의 유래를 알 수 있습니다.
③ 4문단에서 일기 예보와 관련된 지수를 소개하고 있습니다.
⑤ 3문단과 4문에서 일기 예보를 통해 알 수 있는 정보를 확인할 수 있습니다.

2 보기는 날씨를 예상하여 빨래가 얼마나 잘 건조되는지를 지수로 나타낸 빨래 지수를 설명하고 있습니다. ⓒ의 종일 해가 뜨고 지수가 70인 수요일은 빨래가 4시간 만에 마르고 그중 지수가 가장 높으므로 빨래하기에 가장 좋은 요일이라고 볼 수 있습니다.

3 일기 예보에서 오늘의 최고 기온과 최저 기온을 알 수 있습니다. 또한 저녁에 소나기가 내릴 예정임을 확인할 수 있습니다. 따라서 일기 예보에서 알 수 있는 내용은 ㉠ 기온과 ㉡ 비나 눈이 됩니다.

생각글 **2** 일기도와 기상 관측

120~121쪽

일기도는 어느 지역의 날씨 상태를 한눈에 볼 수 있도록 나타낸 지도입니다. 일기도는 기온, 바람, 구름 등의 기상 요소를 숫자나 기호로 약속하여 표시합니다. 일기도는 날씨와 관련된 여러 가지 사실들을 관찰하여 이를 분석하고 예측하여 만들어집니다.

내용요약 일기도

1 ③   **2** (2), (3), (1)   **3** ㉣

1 2문단에 일기도는 기상 요소를 숫자나 기호로 약속하여 표시한 것이므로 이 기호의 의미를 알면 전문가가 아니어도 여러 날씨 정보를 알 수 있다고 나와 있습니다. 따라서 일기도를 해석하는 것은 기상 전문가만 가능하다는 설명은 적절하지 않습니다.

오답풀이

① 일기도는 여러 기상 요소가 미리 약속된 숫자나 기호로 쓰여 있음을 2문단에서 알 수 있습니다.

② 일기도의 기호는 날씨 정보를 담고 있기 때문에 그 의미를 알면 날씨를 쉽게 알 수 있습니다.

④ 1문단에 일기 예보 방송을 할 때 기상 캐스터가 여러 가지 기호나 숫자, 곡선이 그려진 지도를 보여 주면서 설명한다고 나와 있습니다.

⑤ 일기도에는 바람의 세기와 방향, 기온과 기압, 날씨가 맑은지 흐린지 등 많은 날씨 정보가 들어 있음을 2문단에서 확인할 수 있습니다.

2 일기 예보를 하기 위해서는 우선 기상 관측소에서 평소에 계속하여 기온, 습도, 풍향, 풍속 등을 측정하고 수집해야 합니다. 다음으로 수집한 기상 데이터를 과학적으로 분석하여 미래의 날씨를 예측합니다. 그렇게 예측된 날씨는 일기 예보 방송으로 우리에게 전달됩니다.

3 ㉠은 '숫자와 기호들만 가득한데 이것을 보고 어떻게 날씨 정보를 알 수 있을까?'라고 하며, 일기도에서 날씨 정보를 얻는 방법에 대해 묻고 있습니다. 따라서 일기도에는 약속한 기호들이 사용되므로 일기도를 보고 날씨를 쉽게 알 수 있다고 말하는 ㉣가 ㉠에 대한 답변으로 가장 적절합니다.

익힘학습 **자란다** 문해력

122~123쪽

1

```
일 기
그날그날의 날씨 상태
```

일기 예보	일기도
• 앞으로의 날씨를 미리 알려 줌. • 기온, 바람, 비, 구름과 같은 날씨 정보가 담겨 있어서 생활을 편리하게 해 줌. • 평소에 기상 을 관측하여 정보를 수집하고, 이를 분석하여 날씨를 예측함.	• 어느 지역의 날씨 상태를 한눈에 볼 수 있도록 한 지도. • 기온, 바람, 구름 등의 기상 요소를 숫자나 기호로 약속하여 표시함. • 일기도를 통해 바람의 풍속과 방향, 맑고 흐린 정도, 기압 등의 자세한 날씨 정보를 알 수 있음.

2 (1) ○ (4) ○

3 **예시답안** 기온, 바람, 비, 구름과 같은 것이 있다. 또 안개, 황사, 태풍, 밀물과 썰물의 시각 등의 정보도 얻을 수 있다. 빨래 지수를 알 수도 있다.

채점 Tip

1) 일기 예보에 대해 잘 이해했는지 확인해 보아요.

2) 일기 예보에서 알 수 있는 기상 정보 중 한두 가지를 택해 적어 보아요.

3) 일기 예보에서 기온과 날씨 이외에 알 수 있는 정보를 적어도 좋아요.

4 (1) 기압 (2) 예보 (3) 일기 (4) 기호

5 (1) 기상 (2) 관측

6 (1) 기호 (2) 기상

북극곰의 편지

124~125쪽

북극곰은 북극의 얼음이 녹고 있다는 소식을 전합니다. 북극의 얼음이 녹자 북극의 동물들은 살 곳을 잃었고, 바닷물의 높이는 높아만 갔습니다. 결국 배고픔에 굶주린 친구들이 하나둘씩 떠나 버렸습니다. 북극곰은 지구의 온실가스를 줄여서 북극이 추운 날씨를 되찾기를 소망하게 됩니다.

> **내용요약** 온실가스
> 1 지구 온난화   2 ④   3 ㉠

1 북극의 빙하가 녹고, 한국의 기후가 변하게 된 원인은 바로 지구 온난화라고 설명하고 있습니다.

2 빙하가 사라지자 먹을 것을 구할 수가 없었고, 배고픔에 굶주린 친구들은 하나둘씩 이곳을 떠나기 시작했다고 설명하고 있습니다. 따라서 북극에서 일어난 변화로 알맞은 것은 ④입니다.

오답풀이
① 빙하가 녹자 바닷물의 높이는 높아만 갔습니다.
② 북극의 동물들은 지구가 따뜻해져서 빙하가 빠른 속도로 녹기 시작하자 살 곳을 잃어버리게 되었습니다.
③ 배고픔에 굶주린 친구들이 북극을 하나둘씩 떠났으므로 다양한 동물이 모여 살게 되었다고 보기 어렵습니다.
⑤ 북극은 지구가 따뜻해져서 빙하가 빠른 속도로 녹고 있으므로 예전보다 더워졌다고 볼 수 있습니다.

3 탄소 배출권은 배출할 수 있는 탄소의 양을 정해 놓은 뒤, 정해진 양보다 탄소를 적게 배출하면 탄소 배출권을 팔 수 있고, 반대로 탄소를 많이 배출하면 탄소 배출권을 살 수 있도록 만든 제도입니다. 따라서 **보기**에서 설명하는 것으로 알맞은 것은 ㉠입니다.

방귀를 뀌면 내는 세금?

126~127쪽

소 방귀세는 소가 방귀를 뀌거나 트림을 하면 세금을 매기는 것입니다. 이런 제도가 생긴 이유는 소가 소화하는 과정에서 메탄가스가 생기는데, 이 메탄가스가 지구 온난화를 일으키기 때문입니다. 즉 지구의 온도를 올리는 축산업을 줄이기 위해 세금을 매기게 된 것입니다.

> **내용요약** 메탄가스
> 1 ②   2 메탄가스   3 소희

1 이 글에서 우리나라에 '소 방귀세'를 거두고 있다는 내용은 나타나 있지 않습니다. 그래서 우리나라가 '소 방귀세'를 가장 많이 거둔다는 설명은 바르지 않습니다.

2 소가 사료를 먹고 소화하는 과정에서 방귀나 트림을 뀌면 메탄가스가 나오게 됩니다.

3 소 방귀는 지구 온난화를 일으키는 원인이 됩니다. 그러나 소를 한 마리도 키우면 안 된다는 반응은 알맞지 않습니다. 소 방귀가 문제가 되는 까닭은 축산업의 발달로 너무 많은 소를 키워서 환경을 오염시키기 때문입니다.

> **배경지식**
>
> **가축에서 나오는 메탄가스를 줄이기 위한 연구**
>
> '소 방귀세'를 매기는 것 외에도 가축에서 나오는 메탄가스를 줄이기 위해 여러 가지 연구가 진행되고 있습니다. 그중 대표적인 것이 가축들이 먹는 사료에 해초를 넣어서 메탄가스의 배출을 줄이는 방법입니다. 미국 데이비스 캘리포니아대 연구팀은 해초를 넣은 사료를 먹은 가축들에게 배출되는 메탄가스의 양이 80% 이상 줄어들었다는 연구 결과를 발표했습니다.
>
> 또 소의 목에 특수 제작된 마스크를 거는 방법도 있습니다. 소의 목에 '웨어러블 마스크'라는 특수 마스크를 걸어 두면 소의 트림 속 메탄가스를 이산화 탄소와 수증기로 분해하여 내보냅니다.

익힘학습 자란다 문해력

128~129쪽

1

지구 온난화
지구의 온도가 점점 올라가서 지구가 더워지는 현상

지구 온난화의 원인
화석 연료의 사용과 축산업의 발달로 이산화 탄소나 메탄 같은 온실가스의 배출이 늘어났기 때문임.

지구 온난화를 해결하기 위한 노력
• 화석 연료를 줄이기 위해 바람이나 태양열을 이용해 전기를 얻음.
• 탄소 배출권을 만들어서 배출할 수 있는 탄소의 양을 제한함.
• 축산업을 줄이기 위해 가축에서 나오는 메탄가스에 소 방귀세를 매김.

2 (1) ○

3 예시답안 소가 방귀나 트림을 할 때 지구 온난화를 일으키는 메탄가스를 배출하기 때문이다. 축산업이 늘어나서 너무 많은 소를 키워서 메탄가스에 세금을 매기게 되었다.

채점 Tip
1) 소가 방귀를 뀌면 나오는 물질에는 어떤 것이 있는지 적어 보아요.
2) 메탄가스와 지구 온난화가 어떤 관계가 있는지 적어 보아요.

4 (1) ⓒ (2) ⓛ (3) ⓔ (4) ㉠

5 (1) 지구 온난화 (2) 가축

6 (1) 온실가스 (2) 배출한

생각글 1 퓰리처 선생님네 방송반

130~131쪽

화랑초등학교 기자가 된 아이들의 자기소개가 끝나자, 퓰리처 선생님은 기자의 역할에 관해 설명해 주었습니다. 퓰리처 선생님은 기자들이 카메라가 되어 우리가 사는 세상을 지켜보아야 한다고 하시며, 아이들에게 우리 동네에 자랑할 만한 숨은 인물을 찾아내라는 과제를 내 주게 됩니다.

1 기자 **2** ④ **3** ⓛ **4** 로아

1 퓰리처 선생님은 방송반에 새로 들어온 학생 기자들에게 고성능 카메라처럼 정확하고 객관적인 눈으로 우리 동네에 자랑할 만한 숨은 인물을 찾아내라는 과제를 내 줍니다. 따라서 빈칸에 들어갈 말로 알맞은 것은 '기자'입니다.

2 퓰리처 선생님은 기자란 카메라처럼 뉴스를 사실 그대로 정확하고 객관적으로 전달해야 한다고 말해 줍니다. 그리고 학생 기자들 모두 고성능 카메라가 되길 바란다고 말합니다. 그러므로 ㉠의 의미로 알맞은 것은 객관적인 시선입니다.

3 ⓛ은 우리 동네에 자랑할 만한 숨은 인물을 가리킵니다. 따라서 ⓛ에 알맞은 인물은 어려운 이웃에게 무료로 빵을 나눠 주는 빵 가게 아주머니라고 보는 것이 적절합니다.

4 퓰리처 선생님은 기자로서 갖추어야 할 태도를 설명해 주었습니다. 만약 누군가가 규칙을 어긴다면 그 사실을 객관적으로 전달해야 합니다. 그렇지만 누군가 규칙을 어길 때까지 끈기 있게 기다린다는 것은 퓰리처 선생님의 설명과 거리가 멉니다.

배경지식
퓰리처상
퓰리처상은 미국의 언론이나 예술 분야에 높은 기여를 한 사람에게 주어지는 상입니다. 퓰리처상의 언론 분야는 보도의 유형별로 나뉘어 있으며, 언론계에서 아주 권위가 높은 상에 해당합니다. 퓰리처상의 특징은 특종 사진과 특집 사진 부문에서도 상을 수여한다는 것입니다.

132~133쪽

뉴스란 일반 사람들에게 잘 알려지지 않은 새로운 소식이나 그것을 전달하는 방송 프로그램입니다. 오늘날에는 뉴스의 양이 늘어나 좋은 뉴스를 가려낼 줄 알아야 합니다. 좋은 뉴스의 조건에는 내용이 정확하고, 새로운 정보를 담고 있으며, 공정할 것 등이 있습니다.

내용요약 뉴스, 뉴스

1 ②   **2** ⑤   **3** ©

1 이 글은 좋은 뉴스를 가려내기 위해서 알아야 할 좋은 뉴스의 조건을 설명하고 있습니다. 따라서 글쓴이가 이 글을 쓴 목적은 좋은 뉴스를 가려낼 수 있게 하려는 것입니다.

2 유명한 방송국이나 신문사에서 만든 뉴스가 모두 좋은 뉴스라는 설명은 이 글에 나오지 않은 내용입니다.

오답풀이
① 2문단에 매일매일 쏟아지는 뉴스들 속에서 올바른 정보를 얻으려면 좋은 뉴스를 가려낼 수 있어야 한다고 나와 있습니다.
② 1문단에서 뉴스는 새로운 소식을 전하는 방송 프로그램이라고 설명하고 있습니다.
③ 인터넷과 디지털 기기가 발달하면서 뉴스의 양이 늘었다는 것을 1문단에서 확인할 수 있습니다.
④ 6문단에서 좋은 뉴스는 평범한 대다수 사람의 이익을 먼저 생각하는 것임을 알 수 있습니다.

3 © 지난해 태어난 출생아 수와 출생률을 숫자로 정확하게 표현했으므로 내용이 정확한 뉴스에 해당합니다.

오답풀이
㉠ 일년 전 교통사고를 다룬 기사는 새로운 정보를 발 빠르게 전달해야 하는 좋은 뉴스의 조건과 거리가 멉니다.
㉡ 축구 경기에서 우리나라가 일본을 꺾고 우승하여 감격스럽다며 자신의 감정을 드러내는 것은 우리나라에 치우친 표현입니다. 따라서 공정한 뉴스의 조건에 맞지 않습니다.

134~135쪽

1

뉴스(News)

일반 사람들에게 잘 알려지지 않은 새로운 **소 식** 이나 그것을 전달하는 방송 프로그램

기 자 가 지녀야 할 자세	좋 은 뉴스의 조건
우리가 사는 세상을 카메라처럼 정확하고 객관적으로 바라보는 눈을 지녀야 함.	• 공정한 뉴스 • 내용이 정확한 뉴스 • 새로운 정보를 담은 뉴스 • 평범한 대다수 사람의 이익을 생각하는 뉴스

2 (1) ○

3 (예시답안) 객관적인 뉴스이다. 왜냐하면 잘못된 정보를 전달하면 사람들이 진실을 알기 어렵기 때문이다. 객관적인 뉴스를 보면 세상을 올바르게 이해할 수 있다.

채점 Tip ▶
1) 좋은 뉴스의 조건에 대해 잘 이해하고 있는지 확인해 보아요.
2) 좋은 뉴스의 조건을 지키지 않으면 어떤 일이 발생할지 적어 보아도 좋아요.
3) 좋은 뉴스로 인해 달라지는 점을 써도 좋아요.

4 (1) 뉴스 (2) 매체 (3) 공정 (4) 언론

5 (1) 공정 (2) 기자 (3) 뉴스 (4) 객관적

6 공정
어느 쪽으로도 치우치지 않고 고름을 뜻하는 '공평'은 '어느 한쪽에게 이익이나 손해가 치우치지 않고 올바른 것.'인 '공정'과 뜻이 비슷합니다.

> 하나의 생각주제로
> 연결된 2개의 생각글을 읽으면
> 생각이 자란다곰~~

달콤한 문해력 초등독해

학년별 시리즈 안내

추천 학년	단계	생각주제 영역
초 1~2학년	1단계	생활, 언어, 사회, 역사, 과학, 예술, 매체
	2단계	
초 3~4학년	3단계 Ⓐ	인문, 사회, 역사, 경제, 과학, 환경, 예술, 미디어
	3단계 Ⓑ	
	4단계 Ⓐ	
	4단계 Ⓑ	
초 5~6학년	5단계 Ⓐ	인문, 사회, 역사, 경제, 과학, 예술, 고전, IT
	5단계 Ⓑ	
	6단계 Ⓐ	
	6단계 Ⓑ	

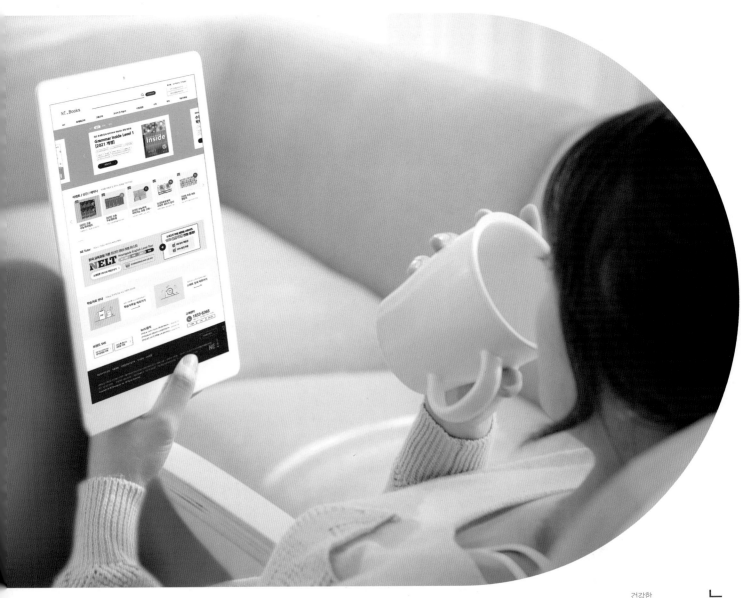